青春ブタ野郎はマイスチューデントの夢を見ない

鴨志田 一

イラスト● 溝口ケージ

今日から姫路さんも担当になったから。
よろしく。山田君、吉和さんも。
姫路紗良
峰ヶ原高校の一年生で、成績優秀な優等生。
通っている塾で、咲太を新しい担当に指名した。
梓川咲太

山田健人
峰ヶ原高校の一年生で、咲太の塾の生徒。
同級生である紗良のことが気になっている。
吉和樹里
峰ヶ原高校の一年生で、咲太の塾の生徒。
ビーチバレーのクラブチームに所属している。

咲太先生、こういうの好きかな。
えー、わかんない。どうしよう。

どこに行くかも決めないと。
最後は先生の大学だから……
やっぱり、途中の鎌倉かな。
だったら――

ここは箱根の温泉旅館。
穏やかな時間が流れている。
だから、この瞬間を大切にしたい。
咲太も麻衣も、同じ気持ちだった。
そこには幸せがあった。
ここには幸せがある。

桜島麻衣

デザイン ● 木村デザイン・ラボ

青春ブタ野郎はマイスチューデントの夢を見ない

鴨志田 一
イラスト●溝口ケージ

君は今どこにいるの　誰といるの　何を思っているの
僕は今家にひとり　猫とふたり　君のことを考えて

でも寂しくない　悲しくない　泣けてもこない
胸が苦しくない　痛くもない　締め付けられない
だから……

聞かせてよ　聞きたくない　あなたの好きな人
知りたいよ　知りたくない　私の好きな人

霧島透子(きりしまとうこ)『I need you』より

第一章　十二月の贈り物

1

その日、梓川咲太はアルバイト先の塾で、担当する生徒がひとり増えることになった。

大学の授業を四限まで受けたあと、電車を乗り継いで藤沢駅まで帰ってきた咲太が塾に到着したのは、すっかり日が沈んだ六時過ぎだった。本格的な寒さの訪れとともに、昼は短く、夜は早くやってくるようになった。

職員用のロッカーに荷物を入れて、塾講師の目印となるジャケットのような白い上着を羽織る。今日の授業で使う教材だけを持ってロッカールームを出たところで、咲太は塾長に声をかけられた。

「梓川君、いいところに」

「おはようございます」

夜に会っても、挨拶が朝なのは、ファミレスのバイトと同じだ。

「ああ、おはよう。今日から担当してもらいたい生徒がいるんだけど……どうかな？」

「今日ですか？　また急ですね」

「本人たっての希望なんだよ。姫路紗良さんは知ってるね？」

確かに知っている。前に、咲太の授業もお試しで受けに来た。

「梓川君、どうかな？」

断る理由は特になかった。バイト代アップのために、担当する生徒を増やしたいと思っている咲太にとってはまさに渡りに船だ。

紗良はまだ一年生。大学受験の準備を急ぐ必要はない。咲太にとって理想的な生徒とも言える。

「わかりました」

「そうか、よかったよかった」

塾長との話がまとまったところで、

「あ、咲太せんせ」

と、丁度、自習室から出てきた女子生徒に声をかけられた。咲太にとっては見慣れた峰ヶ原高校の制服。それを優等生然として着こなす彼女こそ、たった今、話に上がっていた姫路紗良だった。

自習室で勉強しながら咲太が来るのを待っていたのだろう。

紗良はよく懐いた猫のような足取りで、咲太の側までやってくると、

「今日からお願いします、梓川先生」

と、両手を揃えた丁寧なお辞儀をしてきた。

塾長の前だからか、呼び方も丁寧になっている。

「よろしく。姫路さん」

新しい生徒を受け持つにあたって、「はじめまして」からスタートするハードルがないのは、非常にありがたい。また、紗良が通う峰ヶ原高校は咲太の母校でもあるため、授業のレベルもだいたい把握している。なんなら、中間、期末試験の出題傾向だってわかる。去年までは、咲太も生徒のひとりだったから。

「あとはいつも通りお願いね、梓川君」

「はい」

咲太の返事を聞いて、塾長は職員室の自分の机に戻っていく。「今日はあと、経理に書類を出して、採用の資料まとめて……ああ、忙しいなぁ」と、独り言を呟きながら……。

そんな塾長の背中から視線を戻すと、紗良も咲太を見ていた。

「引き受けてくれてありがとうございます」

目が合うなり、改めてお礼を言ってくる。

「こちらこそ指名してくれて、ありがとう。おかげでバイト代が上がる」

「私の成績を上げてください」

紗良はわざと少し拗ねたような顔をする。咲太の冗談にちゃんと付き合ってくれる賢い子だ。

そんな紗良を前にして、咲太は数日前に見た夢の内容を思い出さずにはいられなかった。

とても鮮明で、現実感があって、夢とは思えなかった夢。

十二月一日に、紗良が教え子になるという夢。

そして、今日が夢と同じ十二月一日。

塾長に話しかけられるのも、新しい生徒の話が持ち上がるのも、紗良が自習室から出てくるタイミングも、交わした挨拶の言葉も……何もかもが夢と一致していた。

まるで録画した映画を繰り返し再生したかのような体験。古賀朋絵とともに同じ日々を繰り返した高校二年のあの感覚にも少し似ている。違うのは圧倒的に時間が短いこと。

だから、その正体がはっきりせず、驚きよりも疑問の方が強かった。置き去りにされたように、釈然としない気分だけが体の中心に行く当てもなく佇んでいる。

おかげで、足元はふわふわした感じだ。どうにも落ち着かない。

あれほど現実的な感覚の出来事が夢であったのなら、今、この瞬間も夢なのではないかと疑ってしまう。そうであってもおかしくない。夢と現実の間に、感覚の差は殆どなかったのだから……。

「咲太せんせ？」

首を傾げた紗良が、怪訝な顔を向けてくる。

「ん？」

「なんにも言うことないなら、そんなにじっと見ないでください」

戸惑った表情で、紗良が顔を両手でガードする。

「あ、ごめん」

別に紗良を見ていたわけではないが、視線がそちらを向いていたようだ。

咲太が入口の方に視線を逸らすと、

「うぃす」

と、気だるい挨拶とともに、山田健人が塾に入ってくるのが見えた。

その後ろから、

「こんにちは」

と、吉和樹里が続いて入ってくる。

健人も、樹里も、咲太が数学を担当する教え子だ。ふたりとも峰ヶ原高校に通う紗良の同級生。健人はクラスも同じだと言っていたはず。

「丁度よかった。ふたり一緒で。実は……」

紗良のことを伝えようとした矢先、

「エレベーターが一緒になっただけです」

そう、樹里から奇妙な訂正をされた。「わかった」というのも変なので、「ああ、うん」と曖昧に頷くしかない。

「今日から姫路さんも担当になったから。ふたりに伝えとく」

「よろしく。山田君、吉和さんも」

「え？　まじで⁉」

露骨に健人が動揺する。もちろん、嫌がっているわけではない。紗良に気がある健人としては、喜ばしいに決まっている。けれど、心の準備が間に合っていない。そんな気持ちの表れだ。

「山田君、それ、どっちの意味？」

疑うように、紗良がストレートに質問をぶつけた。

「え？　どっちって何が？」

「うれしいのか、嫌なのか」

とぼけた健人を紗良が即捕まえる。

「別にどっちとかないっしょ」

健人は顔を背けて、しどろもどろになるだけだ。その反応に、紗良は両手を口元に当てて、おかしそうに笑い出す。

そんなふたりの横を、樹里は無関心に通り過ぎた。向かった先にあるのは、授業をするための勉強スペース。

「咲太先生、早く授業しようぜ。もう時間」

真っ赤な顔で健人がそう声をかけてくる。

「こんなにやる気がある山田君を見るのは、はじめてな気がするな」

健人は咲太を無視して、逃げるように樹里のあとを追いかけていく。

なんともわかりやすい反応だ。そんな健人の反応もまた、咲太が数日前に見た夢の通りだった。樹里の淡白な様子も、夢の通りだった。

ますます疑問が膨らんでいく。

この出来事が、咲太の身にだけ起きた一回限りの不可思議な偶然なら、そのうち笑い話にでもすればいい。

だが、どうもそうではなさそうなことを、咲太は知っている。

『#夢見る』を付けて、ＳＮＳに投稿された夢の話。

見た夢が本当になると、巷で噂になっている。

赤城郁実が『#夢見る』を使って正義の味方をしていなければ、ただのオカルト話として無視することもできた。けれど、咲太は見てしまったのだ。『#夢見る』に書かれた出来事が、その通りになる瞬間を……この目で見てしまった。

さすがに、自分の目で見たものは、信じるしかない。

今も『#夢見る』には毎日数百件の投稿が続いている。

昨夜見たという夢の話。

その夢が本当になったという興奮した書き込みの数々。

それらは日を追うごとに増えている。

ありえない、馬鹿馬鹿しい……と否定する意見も当然あって、ちょっとした論争に発展している投稿なんかも、ちらほら見かけた。

これは何かの前触れなのか。それとも、すでに何かが起こっているのか。

当事者となった今、無関心を装うのもさすがに難しい。

何より困ったことに、咲太にはこの事態を引き起こしている人物に心当たりがあった。

霧島透子。

一般的には動画サイトにボーカル曲をアップする人気のネットシンガー。

咲太にとっては、咲太にだけ見える謎のミニスカサンタ。

透子にはもう一度会って、話を聞く必要がある。

どの道、咲太は透子に会わなければならない。絶対に。

——霧島透子を探せ

——麻衣さんが危ない

もうひとつの可能性の世界に生きる優秀な咲太からもたらされたメッセージ。

あんなものを見せられてしまったから。

放っておくわけにはいかない。

その意味を知らなければならない。なんとしても。

とは言え、今ここで思い悩んだところで、透子に会えるわけでもない。

バイト先の塾で咲太ができるのは、健人と樹里と紗良に数学を教えることだけだ。

「ほんとにそろそろ時間だし、授業はじめようか」

職員室の前に残っていた紗良にそう声をかける。

「はい。改めまして、今日からお願いします。咲太せんせ」

峰ヶ原高校では、明日から期末試験がはじまる。その初日に数学の試験があるのは非常にありがたい。今からばっちり三角関数の対策をするつもりだった。

2

八十分の授業が終わると、咲太は「期末がんばれよ」と教え子に声をかけて、塾から送り出した。

「咲太先生、萎えること言うなよ」

そう言って嫌そうな顔で帰っていったのは健人だ。

樹里は「イエス」とも、「ノー」とも取れない無言の会釈をしてドアの向こうに消えた。

教え子から信頼と尊敬を得るには、まだまだ時間がかかりそうだ。

「安心してください。私はがんばります」

咲太にやさしい言葉をかけてくれたのは、ひとり残ってもらった紗良だ。

今後の授業計画について、日程と方針の相談をしておきたかった。

「とりあえず、期末試験明けは、みんなが解けなかった問題のおさらいをするつもりなんだけど……姫路さん、そのあとの授業はどうしたい？」

咲太がはっきり言わなかった言葉の真意を、賢い紗良なら理解できたはずだ。

今の授業内容だと、紗良には物足りない。

健人と樹里には、基礎学力を向上させるための授業を咲太は行っている。けれど、紗良はすでにそのレベルを理解している。

今後も、ふたりとまったく同じ内容というわけにはいかないだろう。

「決めるの、期末が終わったあとでもいいですか？」

少し考える素振りを見せてから、紗良は真っ直ぐ咲太を見上げてきた。

「もちろん」

「あんまり調子のいいこと言って、期末で三十点とか取っちゃったら恥ずかしいので」

笑みを堪えるような顔で、紗良はそう続けた。

「その冗談は、山田君の前で言わないであげてな」

前回の中間試験で、健人は三十点を取ってきた。紗良もその答案用紙を見たから、あえて「三十点」と言ったのだ。

「私がいじったこと、山田君には内緒にしてくださいね。咲太せんせと私……ふたりだけの秘密ですよ」

冗談が伝わったことがうれしいのか、紗良は楽しそうに笑っている。

「じゃあ、次回は山田君と吉和さんと同じ日時でいいかな？」

「はい、試験のおさらいですね」

「答案はまだ返ってきてないかもしれないけど、試験問題は持ってきて」

「わかりました。今後のことは、またその日に相談させてください」

「うん。それじゃあ、気を付けて帰るように」

紗良が鞄を肩にかける。けれど、なかなか帰ろうとしない。何か言ってほしそうな顔で咲太を見上げてくる。

「私には、『期末がんばれ』って言ってくれないんですか？」

「姫路さんには高得点を期待してる」

「それ、プレッシャーです」

言葉では嫌がりながらも、紗良は明るく笑って塾を出て行った。

紗良を見送ったあと、咲太は職員室で今日の授業内容についての日報を作成した。生徒の欄がひとり分増えたことで、必然的に記入する内容も増える。

必要な事務作業を終えると、咲太は同じ塾講師のバイトをしている双葉理央の姿を探した。授業が終わっているなら、帰りがてら、夢が現実になったことについて話しておこうと思った

のだ。

すぐに、咲太は理央の後ろ姿を見つけた。職員室から繋がったフリースペースで、長身の生徒の質問に答えている。理央が物理を教えている加西虎之介だ。

開いたテキストを指で差し、広げたノートにペンを走らせる。理央が「ここまでは、わかった？」と聞くたびに、「はい」と大きな体に似合わない小さな声が聞こえてくる。一問解き終えると、理央の解説は次の問題に続いた。

まだまだかかりそうな雰囲気。

夢が本当になった話は、急ぎの用事というわけでもない。また今度でいいだろう。咲太にとって緊急だった「麻衣さんが危ない」というメッセージに関しては、あの日のうちに理央には相談してある。

麻衣のスマホから理央に連絡して、大学帰りに藤沢駅で待ち合わせをした。それから、咲太のもうひとつのバイト先であるファミレスで話を聞いたのだ。

「現段階で言えることは大きく分けてふたつしかないんじゃない？」

ドリンクバーでコーヒーを淹れて戻るなり、理央は冷静に咲太にそう告げた。

「つまり？」

「霧島透子が桜島先輩に直接危害を加えるか」

「もしくは?」

「霧島透子を理由に思春期症候群を発症した誰かが、桜島先輩を危険に晒すか」

「ま、そのどっちかだよな」

短いふたつのメッセージから導き出されるのは、せいぜい漠然とした方向性だけだ。

何が起こるか、何が危ないのか、どう危ないのかは、まったく示されていないのだから。

わかっているのは、霧島透子が関係していることだけ。

「けど、さすがに直接はないんじゃないか?」

それは、もはやただの事件だ。そうする理由が透子にあるようにも思えない。そうする素振りも今まで会った中では見当たらなかった。彼女が透明人間である以上、これまでにチャンスはいくらでもあったはず。今日の今日まで、麻衣に何も起きていないことが、咲太の言葉を証明している。

「私も後者の可能性の方が高いとは思うよ」

だからと言って、前者を完全には否定できない。コーヒーカップに口を付けた理央は、暗にそう言っている。

少し気になるとしたら、以前、麻衣に対して「お邪魔虫」と言っていたことだろうか。だが、あれも、単に状況から出た言葉にも思える。違うとしても、事件に繋がるような強烈な感情を含んでいるとは思えなかった。

「この状況、双葉はどうすればいいと思う？」

理央がコーヒーカップを置くのを待って、咲太は素直に意見を求めた。具体的な行動を起こすには情報が足りない。

「問題の根っこを断つという意味では、霧島透子の思春期症候群を治してしまえばいいんじゃないの？」

咲太にしか見えない存在。

以前の麻衣と似たような症状。

「梓川の得意分野でしょ」

理央の口元が笑っているのは、あのときのことを思い出しているからだろう。

高校時代、咲太が麻衣に告白をした瞬間のこと。

試験中のグラウンドに飛び出して、全校生徒に聞こえるように、「大好きだ」と叫んだあのときのことを……。

「それで解決するなら苦労しない」

残念ながら、麻衣と透子は違う。咲太との関係も、状況も、条件も……。

麻衣の存在が消えていった理由については、理央が仮設を立ててくれたが、透子に関しては何もわからないままだ。

どうして咲太にしか見えないのか。

麻衣のときと症状は似ているようで違う部分も目立つ。

透子の場合、現状、消えているのは姿だけ。人々の記憶からも消えていった麻衣のときとは違い、透子のことは今もみんながしっかり覚えている。

動画サイトにアップされた曲を聞いて、「霧島透子、いいよね？」、「私も霧島透子の曲、ほんと好き」と、色々なところで話題にされている。

「双葉は、最近の思春期症候群の原因が霧島透子にあると思うか？」

透子は、「プレゼントをあげた」と言っていた。

突然空気を読めるようになった広川卯月に対して……。

もうひとつの可能性の世界の自分と入れ替わっていた赤城郁実に対しても……。

未来の夢を見ている多くの学生たちに対しても……プレゼントをあげただけと言っていた。

みんながほしがったプレゼントを。

「本人がそう言ってたんでしょ？」

その前提があるから、理央は根本的な解決手段として、霧島透子の思春期症候群を治したらどうかと言ってきたのだ。

「本人がそう言ってるだけなんだよ」

だから、証明のしようがない。ここで理央と何時間議論したところで答えなんて出ない。道はこの時点で閉ざされている。

「結局、双葉の言った通りか」

行き止まりに立ったことで、咲太はひとつの結論にたどり着いた。その結論を受け入れる準備が整った。

「霧島透子の思春期症候群を治すしかない」

理央が瞳で頷く。

「気休めにもならないかもしれないけど、『#夢見る』を見てみたら？　未来のことが何かわかるかもしれないでしょ」

「目には目を。歯には歯を。思春期症候群には思春期症候群ってわけか」

その日、咲太は家に帰ると、素直に理央のアドバイスを実践した。妹の花楓にノートPCを借りて、早速『#夢見る』を絡めて、『桜島麻衣』を検索する。けれど、「麻衣さんが危ない」に関係していそうな書き込みは見つからなかった。

以来、今日まで、『#夢見る』を検索するのが、咲太の日課になりつつある。

藤沢駅から急ぎ足で約十分。塾講師のバイトを終えた咲太が住み慣れたマンションに帰ってきたのは、夜の九時過ぎだった。

「ただいま」

靴を脱いで玄関に上がると、リビングの方から飼い猫のなすのがすたすたと近づいてきた。

少し遅れて、閉まっていた洗面所のドアが開く。

「あ、おかえり、お兄ちゃん」

パジャマ姿で出てきたのは、妹の花楓だ。

まだ濡れた髪をタオルで拭きながら、キッチンに入っていく。すぐに冷凍庫を開ける音がしたので、アイスを食べる気なのだろう。

花楓と入れ替わりで洗面所に入って、手洗いとうがいを済ませる。それから少し期待する気持ちでリビングに入った。

真っ先に確認したのは留守番電話。

今、咲太には返事を待っている相手がいる。心待ちにしている。

だが、赤いランプは点灯したままだ。メッセージが残っていれば、点滅しているはず。着信履歴も確認したが、特に誰からも電話はかかってきていなかった。

「もう一度、かけとくか」

最近覚えたばかりの十一桁の数字を順番にプッシュする。

ミニスカサンタから教えてもらった番号。

少し待つと、受話器から発信音が聞こえてきた。

番号が使われている証拠。

嘘を吐かれていなければ、霧島透子のスマホに繋がる。

七回目のコールのあとで、「メッセージをどうぞ」と伝言サービスのアナウンスが流れ出した。ここ数日の間に、何度も聞いている事務的なアナウンス。

霧島透子に電話をしたのは、一度や二度ではない。昨日も伝言サービスにメッセージを残した。

今のところ折り返しがかかってくる気配はない。それでも、咲太はめげることなく、今日も受話器に語り掛けた。

「こちら、霧島透子さんの番号でお間違いないでしょうか。梓川咲太と言います。サンタクロースのなり方を教えてほしくて連絡しました。折り返しいただけると幸いです」

用件を吹き込んで受話器を置く。すると、背後から、

「お兄ちゃん、なに、いたずら電話してんの？」

と、呆れた声がした。

振り返ると、オレンジのアイスを咥えた花楓が変なものを見る顔で咲太を見ていた。

「いたずらじゃなくて、今のは普通の電話」

「その方がもっとやばいんだけど」

「花楓も、女子高生みたいなこと言うようになったな」

「お兄ちゃんは相変わらず変なことばっか言うよね」

「そうか？」

「自覚ないとか、ほんとやばい」

そんな兄妹の会話は突然遮られることになる。

突如、電話が鳴ったのだ。

花楓のスマホではなく、家の電話。

ディスプレイに表示されていたのは十一桁の数字。一瞬見ただけでは、まだぴんと来ない番号。けれども、知っている番号だ。

受話器を摑んで電話に出る。

「はい、梓川です」

いつも通りのお決まりの言葉。

「……」

すぐに返事はない。

ただ、受話器の向こうに人の気配は感じた。

「霧島さんですよね？」

ディスプレイに表示されたナンバーが、それを証明している。

「君って、意外と賢いんだ」

透子の第一声は、誉め言葉に聞こえない誉め言葉だった。

何が言いたいのかは、なんとなくわかる。

不意打ちで三秒間だけ見せた電話番号を、咲太がしっかり暗記していたことを皮肉っている。

「よく言われます」

「その上、ずる賢い」

これは、今、咲太がすっとぼけたことに対する牽制だろうか。それとも、電話番号を覚えられなかったふりをしたあのときのことを言っているのだろうか。両方かもしれない。

「そのくせ、頭が悪い」

どういうわけか、どんどん評価が下がっていく。いや、最初から別に高くはなかった。高かったのは「賢い」という言葉の印象だけ。使われ方はあまりよくなかった。

「何度も電話して反応なければ、普通避けられてるって思わない？」

「着信拒否されるまでは、大丈夫だろうと思ってました」

簡単に引き下がれない理由が咲太にはある。

――霧島透子を探せ

――麻衣さんが危ない

もうひとりの自分に、そう言われてしまったから。

「霧島さんに、聞きたいことがあるんです」

「サンタクロースのなり方は秘密だよ」

「また会えませんか？」

この電話一本で、咲太の求める答えが全部手に入るとは到底思えない。

まだわからないことだらけ。

探せと言われた透子は電話の向こうにいる。会ったこともある。すでに見つけていると言っていい。

だが、それと「麻衣さんが危ない」が結び付いていない。

今、考えられる可能性は、理央が言っていた通りふたつ。

透子が麻衣に直接危害を加えるか。

ミニスカサンタのプレゼントによる誰かの思春期症候群が絡んでいるか。

このどちらか。

ただ、これも憶測にすぎない。

だから、もう一度会って、透子の反応をこの目で確かめたい。

「今日から十二月でしょ？」

透子に言われ、咲太は自然とカレンダーを見ていた。

「そうですね」

今年も残すところ一ヵ月。

「サンタクロースは忙しいんだけどな」

「そこをなんとかお願いします」

「じゃあ、明日」

「あ、いや、明日はちょっと……」

今日は十二月一日。ということは、明日は十二月二日。年に一度の特別な日。

「授業終わったらまた電話して。気が向いたら会ってあげる」

咲太の話は聞かずに、一方的に透子が予定を決める。

「別の日はダメですか？」

それでも、咲太は食い下がった。

「明日、何かあるの？」

面倒くさそうな声が返ってくる。

「彼女の誕生日なんです」

昨日、仕事のオフが確定した麻衣から「咲太を連れていきたい場所があるから。授業終わったあとは空けておいて」と言われている。楽しみな誕生日デートの約束があった。

「そう」

納得してくれたような透子の返事。

これは予定変更を期待できるかもしれない。

そう思った矢先に、

「だったら、明日以外は絶対に会ってあげない」

と、咲太をからかう笑い声が聞こえた。

直後、ぶつっと電話は切られてしまう。

引き留める間もなかった。

とりあえず、電話をかけ直す。

「……」

当然、透子は出てくれない。

電話は伝言サービスに接続される。

「梓川です。明日の件でご相談したく連絡しました。また電話します」

留守電に用件を残して受話器を置く。

「お兄ちゃん、そのいたずら電話、ほんと人としてやばいよ？」

食べ終わったアイスの棒を、花楓がゴミ箱に捨てる。

「ほんとやばいからやってんだよ」

一体、麻衣にどう説明すればいいのだろう。

きっと理由を説明すればわかってくれる。事情は麻衣も知っているのだから。けれど、決して許してはくれない気がした。

「とりあえず、今日は早く寝た方がいいな」

明日に備えて体力を蓄えておかなければならない。

どんなお叱りにも耐えられるように……。

3

「わかった。それじゃあ、今日の予定はキャンセルね」

翌日、麻衣からの返事を、咲太は彼女が運転する車の助手席で聞くことになった。

車が赤信号で停車したタイミング。走行音のない静かな車内には、二限の授業に間に合うように家を出た咲太と麻衣しか乗っていない。いつも邪魔ばかりしてくるのどかは、一限の授業に出るため、ひとりで先に大学に行っている。

「デートはまた今度」

肩からこぼれた髪を、ハンドルから手を離した麻衣が直す。

「えー」

「勝手に予定を作った咲太が、なんで不満そうなのよ」

「楽しみにしてたのになぁ」

「それ、私の台詞」

信号が青に変わると、咲太の足を踏む代わりとばかりに、麻衣が少し強めにアクセルを踏んだ。車は勢いよく発進する。

「麻衣さん、もっとがっかりしてくれないと」

「してるわよ。ちゃんと」

ぱっちりした目元で、麻衣は恨めしそうに横目を向けてきた。普段よりしっかりメイクをしているのは、「おはよう」を言われたときに気づいた。

「せっかくの準備が無駄になったし」

服装に関しても、誕生日デートを意識して選んだものなのだろう。センターに折り目がついたグレーのワイドパンツは、シルエットが綺麗ですっきりした印象を受ける。ウエスト部分は巾着袋のようにきゅっと引き締まり、麻衣のスタイルのよさを際立たせていた。白のブラウスは、シンプルで美しい。

今日の麻衣は、かわいいというよりは、綺麗、かっこいいという言葉が先に出てくる。

後部座席には、車外で羽織るための黒のコートが横たわっていた。

「僕は綺麗な麻衣さんと一緒にいられてうれしいけど」

「私は全然うれしくない」

ぴしゃりと強烈なカウンターが返ってくる。

この件に関しては、余計なことを言わない方がいい。

「事情が事情だから、仕方ないけど」

今回に関しては、麻衣も他人事ではない。むしろ、当事者だ。

だからこそ、誕生日デートのキャンセルにも理解を示してくれている。怒らずに「わかった」と言ってくれた。

そのことに安堵する気持ちはある。だが、それ以上に、咲太はもどかしさを感じていた。

あんな警告が届いたあとだから、麻衣も不安を感じているはずなのだ。

わざわざ、向こうの世界の咲太が伝えてきた以上、小石に躓いて転ぶとか、扉の角に足の小指をぶつけるとか、そんな日常的な危険を示唆しているわけがない。

もっと大きな危険が麻衣に迫っていると考えておいた方がいい。

咲太と麻衣は、これまでに最悪のケースを経験している。あの雪の日の出来事。「麻衣さんが危ない」というメッセージを受け取ったとき、嫌な記憶が咲太の頭に蘇った。

この体で経験したことではないけれど、脳裏に刻まれた記憶。思い出したクリスマスイブの出来事。白い雪が赤く染まっていく絶望は、今も色褪せてはくれない。忘れるつもりはないが、決して忘れられない痛みとして、咲太の胸に残っている。

それは、麻衣にとっても同じはず。

それなのに、そうした素振りをまったく見せない。

「理解のある彼女に感謝しなさいよ？」

「麻衣さんと過ごす時間が減るのに、感謝はしたくないなぁ」

「じゃあ、私も一緒に行こうか？」

「それはダメです」

自然と咲太の語気が強くなる。

さすがに霧島透子が麻衣に直接危害を加えるとは思っていない。思っていないけれど、心の片隅にある警戒心の棘が、反射的に咲太の声に乗っていた。乗ってしまっていた。

失敗したと思ったときにはもう遅い。

麻衣の気遣いによって、ふたりはいつも通りでいられたのに、咲太の一言がその空気を壊した。一瞬で、緊張の糸がぴんっと張る。

フォローの言葉もすぐに出てこない。咲太は情けない気持ちで、サイドミラーに視線を逃がすしかなかった。

それを小さく麻衣が笑う。

「気にしなくていいのに」

「気にしますって」

「咲太が心配してくれているのはわかってる」

言いながら、道路わきのコンビニを飾るクリスマスカラーのポップに、麻衣が一瞬だけ目を向ける。

「クリスマスも近いしね」

本当に麻衣には敵わない。季節が違えば、咲太はもう少し冷静でいられたかもしれない。

だが、すべてを思い出してからというもの、クリスマスが近づくとダメなのだ。街が赤と緑とイルミネーションに染まると、言いようのない寂しさと焦りのようなものを感じてしまう。

「今月は、できるだけ一緒にいられるようにするから」

「今はおはようからおやすみまで一緒がいいです」

できることなら、一歩も外に出ないで、ずっと家にいてほしい。

——麻衣さんが危ない

あの言葉の意味がはっきりするまでは。

もう二度と、麻衣を失いたくはない。耐えられない。あんなのは……。

だからと言って、麻衣を家に閉じ込めるのは現実的ではない。大学もあるし、仕事もある。国民的知名度を誇る有名人と連絡が取れなくなるようなことになれば、それこそ悪いニュースになるだろう。まさに、「麻衣さんが危ない」だ。

「ふーん、今だけでいいんだ？」

「今が終わったら、おやすみからおはようまで、一緒にいてもらいたいです」

「冗談が言えるなら、もう平気ね」

「麻衣さんは、不安じゃないの？」

「咲太がいるから大丈夫」

ドキッとすることを、麻衣はあまりにもさらっと口にした。

「あのさ、麻衣さん」

「ん？」

「次にコンビニあったら、寄ってくれる？」

「なんでよ」

「抱き締めたいから」

走行中の車の中では、シートベルトが邪魔だ。

「却下」

「えー」

楽しそうに麻衣が笑う。

その隣にいるだけで、焦りはだいぶやわらいだ。もちろん、すべての不安が消えたわけではない。けれど、これ以上、弱音を吐いてもいられない。麻衣に甘えてもいられない。

今日は透子と会って、聞き出さなければならないことがある。

「そういや、麻衣さんが言ってた僕を連れて行きたい場所って、どこだったの？」

「それは行ったときのお楽しみ」

「結婚式場の下見とか？」

「違うわよ」

「麻衣さんのお母さんにご挨拶？」

「前に会ってるでしょ」

呆れた声で言いながら、麻衣は上目で道路標識を確認する。青と白の行き先案内板の下を車は通過した。その直後、麻衣は何かを思いついたように、急に話題を変えた。

「咲太、二限の授業ってなに？」

「基礎ゼミですよ」

「出席日数足りてるわよね？」

「麻衣さんじゃないんだから」

「私も足りてるわよ」

目の前に関谷インターが迫る。本当はインターチェンジではないのだが、複数の道路が交わるその見た目からそう呼ばれている交差点。

そこに差し掛かると、麻衣はウィンカーを出してハンドルを左に切った。大学に行くのなら、真っ直ぐ進んで環状4号線に向かうはずの道。麻衣の車に乗って通学するのも、一度や二度ではないので咲太も少しは道を覚えている。

「麻衣さん？」

当然の疑問を咲太は麻衣に投げかけた。

「……」

麻衣は何も答えない。見慣れない道路に車を走らせるだけ。やがて、国道1号線に繋がった。

そこをしばらく走ると、戸塚インターチェンジで、車はついに高速道路に入った。

行き先の案内板には、横浜方面の地名が目立つ。咲太と麻衣が通う大学があるのは金沢八景。同じ横浜市内ではあるけれど、案内板が示す横浜駅付近の「横浜」とは方角が違っている。電車で二十分ほど距離も離れている。

「もしかして、サボり？」

大学に行ける日には、短い時間でも必ず行く麻衣にしては珍しい。というか、堂々とサボるのを見るのは、はじめてかもしれない。

「誕生日なんだし、今日くらい、いいでしょ？」

ハンドルを握る麻衣の横顔は、妙に楽しそうだ。その笑顔のわけを、咲太は三十分後に思い知らされる。

麻衣が車を入れたのは、長年に渡り横浜みなとみらいエリアのシンボルとして聳え立つ、ランドマークタワーの地下駐車場だった。

その時点で、咲太は少しだけ嫌な予感がした。いや、かなり嫌な予感がした。

「麻衣さん、ここで何を？」

「ついてくればわかる」

車を降りて、エレベーターに乗る。

麻衣が押したのは三階。

到着のベルを鳴らし、エレベーターのドアが開くと、広く開放感のあるショッピングフロアが咲太と麻衣を出迎えた。

全体的にゆったりとした造りで、空間にゆとりがある。歩いている人たちの雰囲気からも、不思議と余裕が感じられる。

「ここよ」

麻衣が足を止めたのは、ショッピングフロアの中でも特別に上品でおしゃれな店舗の前。

アルファベットの店名は、咲太でも知っている。

淡いブルーがイメージカラーの世界的に有名なアクセサリーブランド。

昔の映画のタイトルにも使われていたはず。

思わず、店の前で口をぽかんと開けてしまう。

「二十歳の記念に、彼氏から素敵なプレゼントがあってもいいと思わない？」

「……思います」

実際、その通りなので、そう答えるしかない。

「けど……」

すぐに否定の言葉が出てしまう。反射的に働いた防衛本能のようなもの。

「けど、なにかしら？」

隣から麻衣がかわいい顔で理由を聞いてくる。わずかに首を傾げて、咲太の顔を覗き込むように……。

ずるい。ずるいけれど、こうなっては咲太に退路はなかった。

「クリスマスプレゼントと一緒ってことでいいですか？」

これを言うので精一杯だ。

「それ、子供の頃にお母さんから言われて、一番むかついたやつ」

言葉とは裏腹に、麻衣の口元は笑っている。真逆の苦い顔をした咲太を置いて、ひとり店の中に入っていってしまう。

もはや、覚悟を決めるしかない。

「デートに備えて、昨日、バイト代下ろしといてよかったなぁ……」

昨日の自分に感謝しつつ、咲太は麻衣の後ろに続いた。

記念すべき第一歩をショップ内に踏み下ろす。

たった一歩入っただけなのに、空気が違う気がした。匂いも違う。足の裏の感触まで違う気がした。

優雅な雰囲気の店内には、限られた数のショーケースがあるだけ。広さは十分にあるので、もっと多くの商品を置けるはずなのに、あれもこれも並べられてはいない。

やたらと空間を贅沢に使っている。店員の目を避けようと思って、商品棚の陰に隠れるなんて真似は当然できない。他の客に紛れようにも、咲太たち以外には、一組のカップルが店内にいるだけだった。店員の方が多いくらい。

だから、入店して早々に、

「いらっしゃいませ」

と、落ち着いた雰囲気のお姉さんに声をかけられた。二十代後半くらいだろうか。笑顔で咲太と麻衣に近づいてくる。ただし、使い慣れたはずの接客スマイルは、最後まで持たなかった。

「今日はどういったものを……っ!?」

途中で、驚きが言葉を遮る。「あっ」と声にこそ出さなかったが、「あ」の形に口を開けたまま一瞬固まった。

理由は簡単だ。突然、目の前に『桜島麻衣』が現れたから。

だが、すぐに「失礼しました」と、元のスマイルを取り戻す。

「よろしければ、奥のテーブルでお伺いいたしますが?」

お姉さんは少し身を寄せて、もう一組の客には聞こえないように告げてくる。

「急に来店して申し訳ありません。お言葉に甘えます」

麻衣がよそ行きの態度で、お姉さんの言葉を受け入れる。

どんどんアウェーに連れて行かれているのは気のせいだろうか。この空間に咲太の心のよりどころはひとつもない。

「あっちのお客さんに迷惑になるから」

咲太の肘を掴んで、麻衣はお姉さんのあとに続く。

「どうぞ、こちらへ」

案内されたのは、テーブルというより、完全に個室だった。実際、テーブルはあったので、嘘は吐かれていない。

椅子は腰が沈まないタイプのソファーだ。

勧められるまま、麻衣と並んで座る。

お姉さんが自ら名乗り、「本日、ご案内させていただきます」と、丁寧なご挨拶を受けた。ここまでされたら、もはや手ぶらで帰るのは許されない気がする。

「お探しのものはございますか？」

お姉さんはまず麻衣に話しかける。

麻衣が咲太をちらっと見たので、同じ笑顔が咲太にも向けられた。

「今日、麻衣さんの誕生日なんです。二十歳の」

「それは、おめでとうございます」

麻衣は会釈だけでお礼をする。

「その記念に、プレゼントをしたくて」

熱心にお姉さんは頷いてくれる。それがまた照れくさい。

「大学生のバイト代でも、買えるものってありますか？」

曖昧にごまかしても仕方がないので、肝心なことは最初に聞いておいた。先ほど店内でちらっと覗いたショーケースの中身には、驚くような値札が付いていたので……。

「はい、素敵なアイテムをご用意しております。わたくしの方で、何点か選んでお持ちしてもよろしいですか？」

「お願いします」

「それでは、一度失礼いたします」

ぺこりと頭を下げてから、お姉さんが部屋を出て行く。

ドアが閉まったところで、咲太はようやくソファーの背もたれに寄り掛かった。

「はぁ」

思わず、吐息がもれる。

直後、ドアがノックされて、「失礼します」と別の女性店員がやってきた。背もたれとは二秒でお別れをして、咲太はぴんっと背筋を伸ばす。

「どうぞ」

女性店員は咲太と麻衣の前に、湯気の立つティーカップを置く。新品のレンガみたいな色の透き通った液体で満たされている。テーブルに置いただけで、いい香りがした。

「ありがとうございます」

麻衣がお礼を言うと、店員は「ごゆっくり」と小さく会釈をして出て行く。

入れ替わりで、先ほどのお姉さんが戻ってきた。

手にはふたつのトレイを持っている。

「お待たせしました」

正直、全然待っていない。心の準備をするために、もう少し時間をかけてくれてもよかったくらいだ。

ティーカップをそれとなくテーブルの脇に移して、お姉さんはひとつ目のトレイを咲太と麻衣の中心に置いた。

グレーのフェルトみたいなケースの中に並んでいたのは、三種類のネックレス。ハートの飾りがぶら下がったもの。指輪が通ったもの。四葉のクローバーがあしらわれたもの。

そのうちのひとつに、

「あ、これ」

と、麻衣が手を伸ばした。

指に触れて持ち上げたのは、四葉のクローバーが吊り下がったもの。

「こちら、昨年公開の映画の中で、つけていただいたものです。当店でも、映画をご覧になったお客様から、大変多くのお問い合わせをいただきました」

続けて、お姉さんはもうひとつのトレイをテーブルに置いた。

今度は、指輪が三つ並んでいる。

葉っぱがリング状に連なったもの。ふたつのリングがクロスしたもの。それと、ハートのネックレスとお揃いのおしゃれなハートがデザインされたもの。

どれも綺麗な銀色の光を放っている。

「ご自由に、お試しになってください」

真っ先に麻衣が選んだのは、ハートを描いたリング。

右手の薬指にぴったりはまる。

その指を見て、麻衣の口元が自然と緩む。無意識にこぼれた笑みだった。

「どう？」

そのまま、満足げな顔で、咲太に指輪を付けた右手を見せてくる。

ハートのリングは、麻衣の細くて長くて綺麗な指を文句なしに飾っている。元からそこにはまっていたみたいに、普通に溶け込んでいた。

「よくお似合いです」

もはや返す言葉などこれしかない。

「本当によくお似合いです」

咲太の感想をしっかり待ってから、お姉さんはあれこれ麻衣に説明をしていた。その言葉がまったく耳に入ってこない。

咲太の目は、控え目に付けられた値札に釘付けだ。

困ったことに、咲太が勝手に想像していた価格帯よりは若干やさしい。オーダー通り、咲太のバイト代でも買える金額。

「気になったものはございましたか？」

受け取った視線を、麻衣は咲太にパスしてくる。

咲太からのプレゼントなので、麻衣は「咲太が選んで」と言っているのだ。正しくは、「選びなさい」だろうか。

「いいなって思ったのは、ハートのどっちかですね」

同じハート型が、ネックレスにも、リングにもなっている。

お姉さんは、ひとつのトレイに、咲太が絞ったネックレスとリングだけを残す。他はもうひとつのトレイに移した。

右にリング。

左にネックレス。

視覚的にもわかりやすい二択。

あとは咲太が選ぶだけ。

今一度、指輪を見る。

きらりと光った。

ネックレスも確認する。

きらんと光った。

値段はリングの方が、大きなお札一枚分ほど高い。

小さく深呼吸をする。

もう一度、深呼吸をした。

そのあとで、

「こっちをください」

と、咲太はふたつのうちのひとつを指差した。

「またのお越しをお待ちしております」

店の外まで丁寧に送り出された咲太と麻衣は、お姉さんにお辞儀を返してから、店の前を離れた。

ふたり並んで、エレベーターホールの方に歩き出す。

自然と繋がれた麻衣の右手の薬指には、可愛らしいハートがデザインされたシルバーのリングがはめられている。

サイズもぴったりのものがあったため、包装はしないでもらってきたのだ。

「またのお越しをお待ちしてます、だって」

　麻衣がからかうように横から見てくる。

「次は婚約指輪を買いに来ようかな」

「一応、楽しみにしておいてあげる」

　そのときは、もう一桁上の出費を覚悟しなければならないだろう。

「そう言えば、麻衣さん」

「ん？」

「誕生日、おめでとう」

「咲太って」

「ん？」

「いつも言うのが遅いわよね」

「来年は、日付が変わった瞬間に直接言いたいなぁ」

「それは、仕事のスケジュール次第」

　そう言って、麻衣は繋いだ手を少しだけ大きく振った。

4

　寄り道をした咲太と麻衣が大学に到着したのは、昼休みが終わる二十分ほど前だった。

学食は空席も目立ちはじめ、すでに食事を済ませた学生たちが、次の授業まで時間を潰している。大学内のいつもの風景がここにはある。

咲太はすぐに出てきて、すぐに食べられるかけそばを注文した。三百円でおつりがくる。大きな出費があったばかりの咲太にとって、二重の意味で懐にやさしい。

とは言え、今日の買い物には何の後悔もなかった。

大学までの道のり、麻衣は赤信号で停車するたびに、自分の右手の薬指を見ては、幸せそうに頬を緩めていたから……。

二年半ほど付き合って、はじめて見る表情だった。我慢しても抑えられない感情が、あの瞬間、確かに顔を出していた。

こんなことなら、もっと早く指輪のプレゼントをすればよかった。そういう逆の後悔をしたくらいだ。

咲太が空いているテーブルにつくと、あとから注文と会計を済ませた麻衣が隣に並んで座る。

麻衣が頼んだのは、咲太より豪華なかき揚げそば。

早速、メインのかき揚げを箸で摑むと、麻衣はそれを咲太のそばの上に載せた。

「今日のお礼」

「だったら、あーんしてほしかったなぁ」

咲太の不満は無視して、麻衣がそばをする。

三限の授業開始まで時間もさほどないので、咲太もかき揚げにかぶりついた。ぱりっと美味しい音が鳴る。

会話のないまま、咲太と麻衣は昼休みが終わる前に昼食を終えた。

最後に汁を口に含む。カツオベースの香りが鼻の奥に抜ける。醤油のほんのりした甘みを感じていると、

「梓川君」

と、声をかけられた。

どんぶりを下ろして顔を上げる。テーブルを挟んだ正面に、赤城郁実が立っていた。

隣の麻衣と目が合って、まずは軽くお辞儀をする。そのあとで、申し訳なさそうに咲太に視線を向けてきた。

「ごめんなさい。今日もダメだった」

そう言って、手のひらを咲太と麻衣に見せてくる。

四日前には、もうひとつの可能性の世界からのメッセージが書かれていた場所。

あのあと、咲太は郁実にひとつお願いをしていた。

それは、届いたメッセージの真意を、向こうの世界に問いかけること。

どうして、麻衣が危ないのか。

どうして、霧島透子を探さなければならないのか。

これがわかれば、ほとんど問題は解決したと言える。

向こうの咲太がどうなのかはわからないが、こっちの咲太はすでに霧島透子を見つけているから。

今日、会う約束だって取り付けている。

だが、昨日も、一昨日も、その前も……こちら側の郁実の問いかけに返事はなかった。そのことを、真面目で律儀な郁実は、毎日報告に来てくれている。今と同じように、申し訳なさそうな顔をぶら下げて……。

「たぶん、向こうの私に、こっちからのメッセージが届いてないんだと思う。あのメッセージを受け取ったあとは、向こうの私と感覚が繋がった感じは一度もないし……」

「じゃあ、そのままの方が赤城のためだな」

何もないことは、郁実の思春期症候群の完治を意味する。

「でも……」

真剣な顔で郁実が口を開く。何を言おうとしているのかはわかっていたので、咲太は構わずに言葉を被せた。

「今度はこれに責任感じて、向こうの赤城と入れ替わらないでくれよ。僕のせいは、もうたくさんだ」

「……わかった。気をつける」

咲太の冗談が少しは伝わったのか、郁実の表情に幾分余裕が戻っている。ただ、本当のところ、どこまでわかってくれたのかはわからない。

相手は真面目が服を着て歩いているような赤城郁実だ。

ふたつのメッセージを運んできたことに、絶対責任を感じている。咲太が想像する以上に、強く感じているのは間違いない。

それが赤城郁実という人間。そのことを、咲太は先日痛感したばかり。だから、その点に関しては油断ができない。郁実の「わかった」と「大丈夫」は、言葉の通りの意味であることの方が少ないだろう。

「何かわかったら、すぐに伝えるね」

咲太にそう告げて、麻衣にぺこりとお辞儀をしてから、郁実はふたりのテーブルを離れていく。その郁実を、学食の入口付近で、上里沙希が待っていた。何か言葉を交わしながら、校舎の方に歩いていく。どうやら、入れ替わっても、沙希との友人関係は続いているようだ。

郁実にとってはいいことだろう。沙希に不機嫌な視線を向けられる咲太としては、あまり歓迎したくはないが……。

午後の授業開始時刻の五分前を知らせる予鈴が鳴る。

だらだらと話をしていた学生たちが、のそのそと動き出した。

咲太と麻衣も食器を戻して、本校舎に向かう。

「麻衣さん、夜は家にいるよね？」

「咲太の家にいるわよ」

「僕って麻衣さんに愛されてるなぁ」

「のどかがケーキ買ってくるから、花楓ちゃんと一緒に食べようって」

スマホに残ったメッセージアプリのやり取りを咲太に見せてくる。デートのキャンセルを喜んでいるのが許せない。

「咲太の分もいるか聞いてるけど？」

「いるに決まってるって言っといてください」

「じゃあ、咲太、気を付けてね」

本校舎の二階で一度立ち止まる。麻衣が出席する授業は二階で、咲太は三階なのだ。

「麻衣さんこそ、気を付けてくださいよ」

「私に何かあったら、咲太泣いちゃうもんね」

「そうですよ」

咲太の返事に満足したのか、麻衣は指輪のはまった右手を小さく振って、教室に入っていった。

「今日の麻衣さん、最高にかわいいな」

その喜びを噛み締めながら、咲太は三階の教室に向かった。

こうした時間がこの先も続いていくように……授業が終われば、咲太はサンタクロースに会いに行く。

5

四限の基礎ゼミは、チャイムが鳴る十分前には終わっていた。

「少し早いですが、今日はここまでにします」

教材を片付けて、教授がゆっくり教室を出て行く。早く終わったことに文句を言う学生はひとりもいない。早速、友人同士の雑談がはじまっていた。

「んじゃ、帰るか」

そう声をかけてきたのは、同じ授業に出ていた友人の福山拓海だ。筆記用具をしまい、拓海は席を立ってリュックサックを背負う。

「悪い。今日、用事あるんだ」

「デートかよぉ。羨ましいなぁ。楽しんでこいよぉ。じゃあなぁ」

色々な感情を次々に吐き出してから、拓海はさっさと帰っていく。

「忙しいやつだな」

そんな感想をもらしていると、今度は別の学生に声をかけられた。

「梓川君、オラ」

スペイン語で「やあ」と挨拶してきたのは、国際商学部の一年、美東美織だ。統計科学学部の咲太とは在籍する学部が違うため、第二外国語で選択したスペイン語か、この基礎ゼミでしか一緒にならない。

「美東、今日はひとりか？」

いつもは女友達と一緒にこの授業に出ていたはず。

「真奈美たちはサボって、遊びに行っている」

「女子だけで？」

「男子も一緒に」

「美東が迷子になって参加できなかった合コンの相手と？」

「そうです」

少しふてくされたようなニュアンスが含まれているのは、のけ者にされたからだろうか。たぶん、そうだ。

「それはよかったな」

「むかつくわー」

目を細めて、咲太に不満をぶつけてくる。本来、女友達に向かうべき不満まで、咲太にぶつけてきている。美織のこういう性格には、なぜだか好感が持てた。

「だって、美東が行くと、ひとりでモテまくって、友達に恨まれるだろ？」

「わたしって、感じ悪い女だもんね」

冗談にも本気にも聞こえる。

少なくとも、周囲からそう思われていることを、美織自身が自覚している言い方だった。

「あ、それより、麻衣さん見たよ」

急に話を変えるなり、美織は机に両手をついて身を乗り出してくる。

「そりゃあ、見るだろ。同じ大学に通ってるんだし」

「三限、基礎英語で一緒だったんだけど、手元が輝いてましたなぁ」

おかしな口調になって、咲太をからかってくる。

「あれ、梓川君からの誕生日プレゼントでしょ？」

「麻衣さんに聞かなかったのか？」

「幸せオーラが眩しすぎて聞けなかった。いいなぁ、指輪」

うっとりした顔で、美織が天井を仰ぐ。

その反応は、少し意外に思えた。

指輪に対して、美織が特別な感情を抱くのを、いまいち想像できなかったから。

だが、咲太のその認識は、間違いだったわけではない。

美織の次の発言が、先ほどの言葉の真意を教えてくれた。

「わたしも、麻衣さんにプレゼントしたかった」

「美東はもらう側だろ」

「今のところくれる人いないし、だから、もらってもうれしくない？」

わかるような、わからないようなことを言って、美織は首を傾げる。言いたいことはわからないでもない。要するに、くれる相手の気持ちと、もらう自分の気持ちがあって、はじめて喜べると言いたいのだろう。指輪という物体に意味があるわけではない。「この人からもらいたい」という相手が、そもそもいないと美織は話している。

「あ、ちなみに、わたしの誕生日はね」

「美東はそういうことを言うからモテるんだよ」

言葉を遮って、的確な助言をしておく。言うべきことを言うのが、友達候補としての役割だ。

「梓川君にしか、言わないって」

「そういうことを言うからモテるんだよ」

言ったばかりでこれだ。

「じゃあ、男の子とは何を話せばいいですか？」

ふてくされた顔を咲太に向けてくる。まるで咲太が悪者だ。

「今日はいい天気ですね、とか？」

「それの何が面白いの？」

つまらない話をすればいいと言っているのだが、美織はわかってくれなかった。

そこで、ようやく四限の終了を告げるチャイムが鳴った。

「わたし、五限もあるから、行くね。チャオ」

小さく手を振って、美織はトートバッグ片手に、教室を出て行った。

その背中を最後まで見送ることなく、咲太も席を立ってリュックサックを背負った。

チャイムが鳴った以上、のんびりしているわけにはいかない。

授業が終わったあと、咲太は透子に連絡する約束をしている。


美織のように五限まで授業がある学生は少ないため、四限が終わった大学内は、いわゆる放課後の雰囲気が強くなる。

部活やサークル活動に向かう学生もいれば、バイトに急ぐ学生もいてさまざまだ。

咲太が本校舎を出ると、多くの学生が正門に向かって、並木道をぞろぞろ歩いていた。

その流れからひとり外れた咲太は、時計台の側にある公衆電話に立ち寄った。

咲太以外に使っている人を見かけたことのない電話。事実上、咲太のためにあると言っていい電話。

受話器を持ち上げると、用意した小銭を投入していく。残った十円玉は、電話機の上に予備として積み上げ、咲太は十一桁の番号を順番にプッシュした。

電話は、発信音が聞こえてすぐに繋がった。

スマホの操作中に電話が鳴ったのだろうか。そういう速さだった。

「本日、お約束している梓川ですが」

「正門で待ってる」

短くそれだけ聞こえて、電話は切れてしまう。

出番のなかった十円玉を回収すると、咲太は公衆電話から離れた。

指示された通り、並木道を歩いて正門に急ぐ。

少し歩いただけで、前を行く学生たちの隙間から、もう目的地は見えていた。

だが、門の側にミニスカサンタは見当たらない。

正門の外に出ても、真っ赤な衣装の透子は見つからなかった。

「待っとけってことか？」

先ほどの電話では、「待ってる」と言っていたはずだが……。

釈然としない気持ちを抱きつつ、咲太は人の流れの邪魔にならないように、隅っこに寄った。

そこには、先客がひとり。

咲太と同じで、誰かと待ち合わせをしているのだろうか。

ショート丈のキュロットに、黒のタイツとブーツ。ふわふわのニットの上からは、ロングのコートを着た女子学生。

あまり近づくと怪しいので、たっぷり五歩ほど間を空けて、咲太は透子を待つことにした。

するとどうしたことか、隣の女子学生から話しかけられた。

「何かの冗談？　全然つまらないよ？」

声を聞いて、咲太はやっと気が付いた。

「お待たせしました、霧島さん」

何食わぬ顔で返事をしておく。

「サンタクロースも、普通の洋服を着るんですね」

ミニスカサンタが現れると思い込んでいた咲太にとって、これは完全なる不意打ちだ。メイクの雰囲気もサンタのときとは違っている。いつもは目元の印象が強いのに、今日は全体をナチュラルに仕上げている。

「そんなに鈍感だと、彼女にがっかりされない？」

「時々、好きって言ってくれます」

「ついてきて」

咲太ののろけは聞いてもらえず、透子は正門を離れていく。

足が向いたのは、金沢八景駅とは逆方向。京急線の線路沿いを、横浜方面にまずは五分ほど歩いた。川にぶつかると、今度はその川沿いを五分ほど歩く。

景色は時間とともに、住宅街に変わった。

大学を出て十五分が過ぎた頃には、巨大なマンション群に咲太は迷い込んでいた。おしゃれなデザインの建物が、前にも後ろにも続いている。咲太の勝手なイメージではヨーロッパ風。それも、比較的あたたかい地方の……。

とにかく、駅前や大学とはまったく違う街並みだった。目隠しをされて連れてこられたら、一瞬、外国と思うかもしれない。

「この辺に住んでるんですか？」

「……」

咲太の質問は、完全に無視された。

透子の足は、さらにマンション群の奥に進む。部外者が勝手に敷地に入ってもいいのだろうか。そんな心配をしていると、透子の足が突然ぴたりと止まった。

並び立つマンションの一角。一階のテナントスペースに入ったケーキ屋の前。

透子は誰もいないテラス席に座ると、

「モンブランとアールグレイ」

と、咲太に告げてきた。

機嫌を損ねても困るので、咲太は言われるまま店内に入って、モンブランとアールグレイを注文した。今日は何かと出費がかさむ。もうすぐ財布は空っぽだ。

テラス席で食べることを店員に伝えて、咲太は外に出た。

なんでも、この店のモンブランは、注文が入ってから、マロンクリームを絞ってくれるらしい。ショーケースの中に、咲太が想像するモンブランが見当たらなかったのはそのためだ。しかも、鮮度を大切にしているため、賞味期限は二時間なのだと店員が教えてくれた。

「モンブラン、好きなんですか？」

透子の正面に座るなり、咲太はそう聞いた。

「ここのは、特別美味しいの」

無視されるのを覚悟していたが、素直な返事を聞くことができた。つまり、霧島透子はモンブランが好き。意味のある情報ではないが、透子のことを知るための小さな一歩ではある。

そこに、お待ちかねのモンブランが運ばれてきた。咲太の前に、皿とティーカップが並べられる。

「モンブラン、お好きなんですか？」

最後にフォークを添えながら、女性の店員は先ほどの咲太と同じことを聞いてきた。

「ここのは、特別美味しいので」

スイーツ好きの男子が、ひとりでケーキ屋巡りをしているように見えているのだろうか。たぶん、そうだ。

女性の店員は、咲太の返事に微笑むと「ごゆっくり、どうぞ」と言って、店内に戻っていく。その間、一度も、正面に座る透子を気にしなかった。

やはり、咲太にしか見えてないようだ。サンタの格好をしていようが、普通の洋服を着ていようが、その点は変わらない。

「どうぞ」

咲太はモンブランを透子の前に差し出す。紅茶のカップとフォークも一緒に。

透子はフォークを持った両手を小さく合わせると、

「いただきます」

と、呟いた。

ひとりでも、誰といても、そうする習慣がついている。そういう自然さだった。

待望のモンブランを、透子はまず一口。その味に、笑みが込み上げる。顔が「美味しい」と言っている。

「霧島さんは、他に困っていることありませんか？」

「他にって、何の他に？」

「僕がいないと、ここのモンブランを食べられないことの他に、です」

「……」

「この状況って、思春期症候群ですよね」

「ここのモンブランを食べられないこと以外は困ってない」

ぴしゃりと言い返された。

「買い物とかは？」

麻衣のときは、多少の不便は出ていた。

「今はネットで何でも買える」

「受け取りは？」

透明人間のままでは、ハンコが押せない。

「宅配ボックスあるし、最近は置き配なんて普通でしょ」

「……」

「なに、急に黙って」

「なんか夢がないなぁと思って。サンタがネット通販に、宅配ボックスに、置き配っていうのがなんとも」

「わたしは夢のある便利な時代に感謝してる」

確かにそういう解釈もできる。昔の人から見れば、古い映画や小説で描かれた夢のような世界に、今、咲太たちは生きているのかもしれない。

「じゃあ、今の状況に満足してるんですね」

「まだまだ満足はしてないよ。もっとたくさんの人に、わたしの曲を聞いてほしいかな」

咲太は音楽活動のことを聞いたわけではない。透子もそれはわかっている。わかった上で、自分の言いたいことを言ってきたのだ。話を微妙に逸らしてきた。

なかなか手強い。

「それは、透明人間をやめても、できるんじゃないんですか？」

「透明人間のままでも、できるんじゃない？」

本当に透子は手強い。

「こうなったことに、心当たりはあるんですか？」

麻衣が認識されなくなったときには、納得できる理由があった。

子役時代から活躍してきた『桜島麻衣』のことは、誰もが知っている。いつでも、どこでも、麻衣は他人の視線に晒されてきた。

峰ヶ原高校の全校生徒と全職員もまた、芸能人『桜島麻衣』の扱いに戸惑っていた。

ある意味で、両者の利害は一致したのだと思う。

麻衣に対して、学校全体が見て見ぬふりを続けた結果、人々から認識されなくなり、記憶からも消えていった。

他人から見えない、認識されないという状況だけは透子と似ているが、麻衣の場合は条件がかなり特殊だった。だから、今回のケースを同じように当てはめるのは少々難しい。根本から事情が違っている。

『霧島透子』の名前と曲は、世間に広く認知されているとは言え、正体不明のネットシンガーの素性は誰も知らない。顔も、年齢も、出身地も、靴のサイズも、モンブランが好きなことも……知られていない。だから、視線を避ける必要もなければ、周りが透子の扱いに困ることもないのだ。

「何か悩んでるから、こうなってるんですよね」

　食べたいモンブランを自分では頼めず、咲太を使って食べている。

「君は、わたしの思春期症候群を治したいんだ？」

　それは、咲太の質問に対する答えではない。否定の言葉でもなかった。

「話を逸らすってことは、あるんですね。心当たりが」

　透子は悩みがないとは言っていない。

「それはわたしのため？」

　これも、透子は否定しない。

「それとも誰かのため？」

　質問を返してくるだけ。それと同時に、態度もまったく崩れない。透子の顔に動揺が浮かび上がることもない。眉ひとつ動かない。

　これでは、何度同じ質問をぶつけても、話に進展は期待できないだろう。

「当然、僕のためです」

　咲太は仕方なく、透子の会話に乗っかることにした。何か別の糸口が見つかるかもしれない。

「わたしが透明人間のままでも、君には関係ないと思うけど？」

「僕も夢を見たんですよ。現実になるっていう寝て見る夢」

いつプレゼントを受け取ったのかはわからない。受け取った自覚もない。だが、咲太は妙にリアルな夢を見て、それは現実となった。塾では夢で見た通りに、咲太は紗良の担当をすることが決まった。

「その夢が思春期症候群なら、君の方こそ、悩みがあるんじゃない？」

「ありますよ、そりゃあ。自分にしか見えないサンタと出会ったんですから」

「なるほど、確かにわたしの思春期症候群が治るのは、君のためになるみたい」

目立った感情のない言葉だけが、モンブランの甘い香りとともに返ってくる。

「これからも、誰かを思春期症候群にするんですか？」

身の周りで誰かがおかしな現象を引き起こすのは勘弁してほしい。それが、麻衣の危険に繋がるようなら、絶対に阻止しなければならない。

「わたしは歌を届けているだけ。動画サイトを見てくれたみんなの声に応えているだけ。『いい曲だった』、『なんか救われた』、『自分の気持ちを歌ってくれてるみたい』、『もっと聞きたい』……だから、わたしはまた歌う」

それの何がいけないのと透子は首を傾げる。

何もいけないことはない。透子は何の罪も犯してはいない。

ただ、無視できる言葉ではなかった。またしても、透子は咲太の言葉を正してこない。何気なく語られた透子の言葉には、ある種の核心が詰まっていた。

「自分の歌が、誰かの思春期症候群の切っ掛けになっていることは、自覚しているんですね」

「……」

モンブランを突き刺したフォークの動きが止まる。

だからこそ、以前、卯月に対して「空気を読めるようにしてあげた」と言えたのだろう。歌を通して届けたから。動画サイトを通してばらまいたから。

そうやって、一千万人に思春期症候群のプレゼントを配った。動画の再生回数と照らし合わせれば、それが馬鹿げた数字ではないことが証明される。証明されている。

咲太だって、再生ボタンをクリックしたひとりだ。

「次はいつ歌うんですか？」

咲太の質問に、透子は小さく「はぁ」とため息をもらした。

「また何度も電話を鳴らされるのは鬱陶しいから、特別に教えてあげる」

自信に満ち溢れた透子の瞳が、咲太を見ている。どこか楽しげに、笑っていた。

「今、新しい曲を用意してるんだ。イブの夜に聞いてほしいクリスマスソング」

イブとはもちろんクリスマスイブのこと。十二月二十四日。透子の歌に、思春期症候群を発症させる力が本当にあるのなら、その日に何かが起こるのかもしれない。もしくは、その日以降に何かが起こる可能性が高くなる。

「だから、いい子で待っててね」

「そうしたら、いいことあるんですか？」

「サンタクロースのプレゼントって、みんなを幸せにするものでしょ？」

透子が嘘を吐いているようには見えない。咲太をからかった言葉でもない。新しい曲の発表によって、透子はみんなを幸せにできると思っている。その日を楽しみにしているのが表情からも伝わってきた。だが、それだと「麻衣さんが危ない」に話が繋がらない。「霧島透子を探せ」と結びついてこない。

「みんなってことは、あの高校生にもいいことあるんですか？」

マンションの駐輪場に自転車を止めている学ランの男子高校生に視線を向ける。

「いい子にしていればね」

「あの人にも？」

ケーキ屋の店内では、バイトの女子大生がテーブルにコーヒーを運んでいた。

「いい子にしていればね」

「じゃあ、麻衣さんにも？」

埒が明かず、咲太は何食わぬ顔で恋人の名前を出した。

「……」

一瞬だけ、透子の目つきが変わったような気がした。けれど、ほんの一瞬すぎて、それが何の感情だったのかまでは読み取れない。ただ、麻衣の名前を聞いて、何かしらの感情が動いたのは確かだ。

「必要ないんじゃない？　何でも持っている彼女には」

口調は何も変わらない。先ほどまでの透子のままだ。違うのは言葉。はじめてだと思う。透子が咲太以外の他人に対して、個人的な評価をはっきり口にしたのは……。

「もしかして、麻衣さんのこと嫌いですか？」

言葉の裏にそんな気配を感じる。

「嫌いだったよ。昔はね」

さらっと透子は認めた。ただし、過去の気持ちとして。

「今は違うんですか？」

「今は、変わった男の子と付き合ってることに、少しだけ好感を持ってる」

それは必ずしも誉め言葉ではなかった。小馬鹿にしたようなニュアンスは確かにあった。特に、目の前の咲太に対しては、確実にからかってきている。しっかりいじってきている。だが、「好感」と透子が表現した感情そのものは本物に思えた。本音に聞こえた。

今の感情を信じれば、透子が麻衣に危害を加えることはない気がする。その方が、話は単純でわかりやすかったが、可能性は極めて低いと言わざるを得ない。

その考えを確実なものにするために、咲太はさらに踏み込むことにした。

「麻衣さんに、何かしたりしないですよね？」

瞬きを我慢して、透子の様子を観察する。

最初に透子が示した反応は疑問。

「これって何の話？」

一拍置いて返された反応もまた純粋な疑問だった。わずかに首を傾げて、咲太を見つめ返してくる。どちらかと言えば、咲太の発言に困っているようにも見えた。

「僕が麻衣さんを大好きって話です」

視線を外して、踏み込んだ気持ちごと咲太は背もたれに身を引いた。安堵があった。透子の反応を見て、麻衣の危険に直接関与する可能性は極めて低いと思えたから。

「ほんと、変わった男の子の趣味してるよね。芸能界にいるんだから、もっといろんな選択肢だってあるはずなのに」

透子が最後に残っていたモンブランを口に入れる。ゆっくり味わってから、すっかり冷めたアールグレイも一気に飲み干した。

空になったティーカップが、受け皿に戻される。

そのあとで、透子は静かに席を立った。

話はもう終わりという合図。とは言え、このまま帰すわけにはいかない。モンブランとアールグレイをおごった分のお返しをもらっていない。

「最後に、ひとつだけいいですか？」

「なに？」

「大勢の人に自分の歌を聞いてもらうのって、どんな気分なんですか？」

座ったまま、咲太は透子を真っ直ぐ見据えてそう投げかけた。

歌うこと。

たくさんの人に聞いてもらうこと。

それが透子にとって今一番大事だということ。

今日、話を聞いて、咲太はそのことを強く感じた。だからこそ、聞いてみたかった。

透子の口元が自然に笑う。それは、聞いてほしいことを聞かれた顔だ。

「他にないよ。こんなに気持ちのいいことは」

満ち足りた表情で咲太を見ている。その瞳は優越感の光を放っていた。愉悦の感情が咲太のことを笑っていた。

とても真っ当で、本能的な感情。

こんなに気持ちのいいことはやめられない。やめる理由がない。

言葉が、感情が、表情が……歌への執着を語っていた。

「今日は、ごちそうさま」

咲太の最後の質問に満足したのか、透子は「じゃあね」と手を振って、ひとり上機嫌に帰っていく。その姿が見えなくなるまで、咲太は座ったまま見送った。

やがて、テラス席にライトが灯る。もう空は夜の顔をしていた。

今の気持ちを言葉にするのは少々難しい。

わかったこともある。余計にわからなくなったこともある。

情報と状況が咲太の頭の中で錯綜している。

それでも、ひとつ大きなヒントはもらえた。

霧島透子の新しい歌。

クリスマスイブは、気を付けておいた方がいい。

「とりあえず、モンブラン買って帰るか」

賞味期限が二時間と聞いて、咲太も一度食べてみたくなっていた。ちゃんと考えるのは甘いものを食べたあとにしよう。

今日は麻衣の誕生日。ケーキを食べる理由として、これ以上相応しい日はない。

6

モンブランの賞味期限が切れる三十分以上前に、咲太は住み慣れた藤沢の街に帰ってきた。

二時間あれば確実に帰れるとわかっていても、電車が藤沢駅に到着するまでは、時限式の爆弾を持っているようで、気分は少しも落ち着かなかった。

もし、電車が遅れたら……。事故か何かで停止したら……。トラブルひとつで時間をオーバーしてしまう可能性があったから。

幸い、電車は時刻表通りに咲太を藤沢駅まで運んでくれた。

あとは、マンションまで自分の足で歩けばいいだけだ。なるべくケーキの箱を揺らさないようにしながら、咲太は急ぎ足で家まで帰った。

そのまま何事もなく家の前にたどり着く。モンブランは無事。賞味期限にもまだ間に合う。

ほっとした気持ちでドアの鍵を開ける。

「ただいま」

室内に声をかけながら、玄関に最初の一歩を踏み下ろした。そこで咲太の足はぴたりと止まる。

足元は靴で渋滞している。全部女子の靴。

咲太は最後尾に靴を並べ、大きな一歩で玄関を上がった。

人の気配はある。けれど、室内から話し声は聞こえなかった。聞こえているのは、女性の歌声を乗せた音楽。

知らない曲だけど、知っている歌声だった。

アップテンポの軽快なリズムが耳に心地いい。

だけど、歌声と歌詞の印象はどこか寂しく切ない。

その時点で、今日、透子が言っていた言葉を咲太は思い出していた。

「まさかな……」

これが、クリスマスソングだったりするのだろうか。

それを確かめるため、咲太の足はリビングに急いだ。

「おかえり、咲太」

TVの前に集まっていた四人の中から、麻衣だけが咲太を振り返る。他の三人は、口だけで「おかえり」を言ってきた。意識は完全にTVの中。ノートPCからケーブルを繋いで、動画サイトの映像が流されている。

真っ白な雪。部屋の中から見ている誰かの視線。足元に擦り寄る猫。他には誰もいない空間。

ベッドに寝転んだ誰かは、何かを摑むように天井に手を伸ばすが……そこには何もない。

君は今どこにいるの　誰といるの　何を思っているの
僕は今家にひとり　猫とふたり　君のことを考えて
でも寂しくない　悲しくない　泣けてもこない

胸が苦しくない　痛くもない　締め付けられない
だから……

聞かせてよ　聞きたくない　あなたの好きな人
知りたいよ　知りたくない　私の好きな人

映像だけ見れば、特別なものは何もない。

歌声と歌詞が合わさることで、妙な息苦しさが伝わってきた。

曲の名前は『I need you』。

公開日は今日。つい一時間ほど前。

イブに聞いてほしい曲だと言っていたから油断していた。

勝手に今日はないだろうと思い込んでいた。

投稿者の欄には『霧島透子（きりしまとうこ）』の名前が刻まれていた。

やがて、曲が終わりを迎える。

一瞬の静寂。

ノートＰＣに手を伸ばした花楓（かえで）が、ボリュームを落としてもう一度再生ボタンを押す。そのあとで、

「お兄ちゃん、おかえり」

と、改めて言ってきた。

「おう」

咲太の視線はすぐに花楓の隣……のどかと、もうひとりに向かう。

「なんで、づっきーがいるんだ？」

麻衣とのどかが来ることは知っていたが、卯月までいるとは思わなかった。玄関で靴の数が合わないと思ったのは、卯月をカウントしていなかったから。

「ケーキを食べに来ました」

ダイニングテーブルの上には、すでに食べられたあとのホールのケーキがひとり分だけ残っている。

「麻衣さんの誕生日を祝いにってのが正解だろ」

「ハッピーバースデーの歌は、さっき歌ったよ」

「あたしと花楓ちゃんも一緒にね」

のどかがそう付け足してくる。

「へぇ」

花楓を見ると、

「いいじゃん、別に」

と、どういうわけか睨まれた。

「咲太、その箱は？」

麻衣が咲太の手元に視線を落とす。

「あと十五分で賞味期限が切れるモンブランです」


すでにケーキを一切れずつ食べていたはずなのに、花楓、のどか、卯月の三人はモンブランをぺろりと平らげてしまった。甘いものは別腹とはよく言ったものだ。

四つ買ってきたうちの最後のひとつは、咲太と麻衣で半分ずつ食べた。それから、使った食器を片付け終わったのが、夜の八時前。

「じゃあ、あたし、卯月を駅まで送ってくるね」

「づっきー、今日は、麻衣さん家に泊まらないのか？」

「明日、朝から広島遠征なんだ」

卯月が咲太に笑顔でピースをしてくる。

「帰って、荷物の準備をしないと」

言いながら、のどかと玄関に向かう。その後ろに、わざわざコートを羽織った花楓がついて行く。

「私も、途中まで行ってくる。コンビニ行きたいし」

「おう、気を付けてな」

咲太が洗い物で濡れた手を拭きながら玄関を覗くと、ばいばいする卯月の手だけがドアの隙間から見えた。ガチャとドアが閉まる。

リビングに咲太が戻ると、

「花楓ちゃんにまで気を遣わせちゃったかしら」

と、麻衣は笑っていた。

誕生日くらい、恋人とふたりきり。そういう時間があっても罰は当たらないはず。

「せっかくなんで、イチャイチャします？」

「しない」

「えー」

「それより、彼女には会えたのよね？」

彼女とは霧島透子のこと。

麻衣の目は、モンブランを持って帰ってきたケーキの箱を見ている。

準備していると言っていたクリスマスソングは、つい先ほど聞いてしまった。こうなると、透子と会って進展したことは殆ど残っていない気がする。

それでも、咲太は透子と話したことを麻衣に伝えるだけは伝えた。

今日はミニスカサンタではなかったこと。

モンブランと紅茶を奢らされたこと。

歌が思春期症候群を誘発させているのを、透子自身が自覚していること。

それと、麻衣を「嫌いだった」と言っていたこと。

「麻衣さん、何かしたの？」

「しないわよ。会ったことないんだし」

「でも、一方的に妬まれたりはしますよね？　麻衣さんの場合」

女優としても、モデルとしても、確固たる地位を麻衣は築いている。子役時代から世間に知られ、幅広い層に支持される存在。それゆえに、否定的な意見を持つ人や、面白くない感情を抱く人はいる。妬み、嫉み、僻みもまた人の真っ当な感情だから。

「そうね」

咲太の指摘を、麻衣は当然のように受け止めた。自分は一生懸命に目の前の仕事をこなしているだけでも、それに傷つく人間がいることを麻衣は知っている。のどかもまた、一度はそうした感情に呑み込まれたひとりだった。

「でも、咲太の見立てでは、彼女が私に直接危害を加える感じはないんでしょ？」

「そうですね」

麻衣に何かしらの感情を抱いているのは確かだと思う。だが、事件や事故に繋がるような仄暗い危うさは感じられなかった。「嫌いだった」と語ったあの言葉も、どちらかと言えば、眩しさから目を背けるような心の動きだったと今になって思う。

　こうなると、やはり理央が言っていたふたつ目のケースを警戒しておく必要がある。

　他に透子の話で気にするとしたら、「イブに聞いてほしいクリスマスソング」と言っていたこと。クリスマスソングはその名の通りクリスマスの歌だ。イブに何かしようとしているのかもしれない。

「あのさ、咲太」

「ん？」

「二十四日と二十五日は、予定空けておいて」

「麻衣さんと過ごすために、もう空けてあります」

「咲太が安心できるように、その二日間はずっと一緒にいてあげるから」

「ほんとに⁉」

「箱根の温泉にでも行って、ゆっくりしましょう」

「土壇場で、『ごめん、仕事』はなしにしてくださいね」

「涼子さんに、絶対仕事入れないように頼んであるから大丈夫」

　これまでに何度も泣かされてきている。

　だが、これでもまだ油断はできない。

「豊浜と花楓は一緒じゃないですよね？」

「のどかはクリスマスライブがあるし、花楓ちゃんはライブ見に行って、終わったらご両親とクリスマスを過ごすって言ってたわよ」

スイートバレットのクリスマスライブは毎年恒例だ。花楓からも、その日の予定を咲太は確かに聞いていた。

「それが、私からのクリスマスプレゼント。いいわね？」

麻衣とふたりきりの時間を邪魔するものは何もない。

咲太が「ひゃっほー！」と叫んだのは言うまでもない。

そして、この日の夜……梓川咲太は不思議な夢を見る。

第二章　秘密と約束

1

十二月二十四日。

クリスマスイブの朝、咲太がなすのに顔を踏まれて目を覚ましたのは、普段より遅い午前八時過ぎだった。

大学の授業が一限から入っていたら遅刻確定の時刻。だが、咲太が受ける年内の授業は、一昨日までにすべて終わっている。次の授業は年が明けてから。そのため、事実上の冬休みに突入していた。

だから、あたたかい冬の布団に包まれて、好きなだけ惰眠を貪ったっていい。二度寝の誘惑に負けたって構わない。バイトの予定もない。それでも、咲太が至福のベッドから起き上がったのは、大事な約束があったからだ。

「さむっ」

空気の冷たさに体をぶるっとさせながら部屋を出る。

リビングに出ると、真っ先になすのにご飯をあげることにした。皿の中にカラカラと音を鳴らしながら、カリカリが落ちていく。

そのあとで、トースターでトーストを焼きつつ、コンロに火をかけて目玉焼きと一緒にソーセージを炙る。

定番の朝食メニューをなすのの隣で済ませた。

さっさと食器を片付けて、今度は洗濯機を回す。

待っている間はリビングに戻ってTVをつけた。見慣れない時間帯の番組は、どこで何をやっているのかがよくわからない。適当に一巡させたところで、まだ眠たい顔をした花楓が部屋から出てきた。

「お兄ちゃん、おはよう……」

「朝飯は？」

「食べる」

あくびをしながら、花楓がダイニングテーブルに座る。その前に、先ほどついでに焼いておいた目玉焼きとソーセージの皿を置いた。

「あったかいココア飲みたい」

パンダのマグカップにココアを入れると、咲太は焼き上がったトーストを蓋のように載せて花楓のところに持って行った。

目玉焼きとソーセージを食べ終えた花楓は、ちぎったトーストをココアに浸しながら口に運んでいく。美味しい顔をしている。

「花楓は何時に出かけるんだ？」

今日は友人の鹿野琴美と『スイートバレット』のクリスマスライブに行く予定だと聞いている。終わったあとは、両親が住む横浜の家に帰って、一緒にケーキを食べるらしい。

「十時過ぎ。お昼、こみちゃんと食べるから。お兄ちゃんは？」

「僕は昼過ぎだな」

そんな話をしていると、洗濯機がピーピーと咲太を呼んだ。

「正月は顔出すって、父さんと母さんに言っといてくれ」

洗面所に向かいながら、花楓にそう伝える。

「わかった」

トーストを頬張った花楓のくぐもった返事は背中で聞いた。

洗濯物を干して、部屋の掃除をして、出かけていく花楓を見送ったあと、咲太は自分の準備をはじめて、花楓に伝えた通り正午過ぎに家を出た。

「なすの。留守番頼むな」

顔を洗っていたなすのは、「なー」と鳴いて咲太を送り出してくれた。

咲太が向かったのは、マンションから歩いて十分ほどの藤沢駅。JR、小田急、江ノ電が乗り入れる神奈川県藤沢市の中心地。

咲太にとっては見慣れた駅前の景色だ。それが、今日は少しだけ違って見えた。行き交う人の数がいつもより多い気がする。

普段使いの鞄の他に、小さなプレゼントの袋を下げた人を何人も見かけた。普段は着なさそうな少し気合の入った服装の人もたくさんいる。

そうしたクリスマスイブらしい人の流れを、咲太は駅の北口を各方面に繋ぐ立体歩道の上から眺めていた。

家電量販店の前にあるちょっとした広場は立ち止まるのに丁度いい。待ち合わせをしている男女の姿がちらほら見える。咲太もその中のひとりだった。

ひとり、またひとり、待ち人が現れて、改札口の方へと楽しげに消えていく。手を繋いだり、腕を組んだり、少し緊張した距離感だったり……それぞれに今日という日を満喫しようとしている。

広場に立つ大きな時計の針が、十二時二十九分を差した。

待ち合わせの時刻まであと一分。

針が動くのを咲太がじっと見守っていると、

「お待たせしました」

と、背中に声をかけられた。

ゆっくり振り返る。

咲太の目に映ったのは、咲太より幼いひとりの女子。

姫路紗良だ。

白いニットの上に、甘いチョコレートみたいな色のコートを羽織り、下は濃いグレーを基調としたチェックのミニスカート。寒空の下、健康的な生足が眩しい。足元は黒のショートブーツ。全体的に落ち着いた色合いの中、クリスマスらしい真っ赤なマフラーが人目を引きつける。隣でスマホを見ていた男性は、露骨に紗良を二度見していた。きっと「かわいい子だな」とか思っているに違いない。

「ご感想をどうぞ」

少しおどけた紗良の顔は、「かわいい」と「似合ってる」を要求している。

「寒いな」

生足を見ながら、咲太は本音をもらした。見ている方が寒くなる。実際、背筋がぶるっとした。

「そんな意地悪を言うなら、咲太せんせが私の服を選んでください」

わざとらしく紗良が頬を膨らませる。その視線は挑発的だ。

「じゃあ、そうするか」

「え？」

「夕方からもっと寒くなるだろうし、ちょっと寄り道しよう」

咲太はそう言うと、アパレルショップが入る駅ビルの入口に歩き出した。

「ほ、本気ですか？」

冗談で言っただけの紗良は、困惑した様子でついてくる。

「その格好でいられると、本気で寒い」

それは、嘘偽りのない咲太の本音だ。

「そういう意味で言ったんじゃないです。わかってるのに、ずるいです」

紗良の不満は適当に聞き流して、咲太はさっさと駅ビルに入った。

買い物は三十分ほどで済ませて、咲太と紗良は江ノ電藤沢駅から鎌倉行きの電車に乗った。

空いていた隅っこのシートに、ふたり並んで座る。

走り出した電車の中では、前に伸ばした脚を紗良が恨めしそうに見つめていた。その脚は黒のスキニーデニムに包まれている。

「邪魔になるから、長い脚はひっこめような」

咲太が注意すると、紗良は無言で膝を曲げて姿勢を正す。

「今日の服、一週間前から悩んで決めたんです」

紗良は学級会で何かを発表するかのような口調だ。

「今日の気温と相談して決めるべきだったな」

電車は次の停車駅に止まり、またゆっくりと走り出す。

「咲太せんせって、デートはミニスカートに生足が好みですよね？」

「もちろん、そうだけど、教え子に風邪を引かれるのもな」

「私なら大丈夫です」

「その根拠を証明しなさい」

問題文風に質問をする。

「いつもはいてる学校の制服の方が短いからです」

わざと固い口調で、紗良が自らの言葉の正しさを証明する。

その目は、ドアの前に立っている女子高生を見ていた。生足にミニスカートだ。

「あれって寒くないのか？」

「もちろん、寒いですよ」

「だよなぁ」

樹里なんかはスカートの中にジャージのズボンをはいていることもあるが、紗良がそうしているのは見たことがない。あたたかさよりもきっと「かわいい」を優先したいお年頃なのだろう。

電車が七里ヶ浜駅に停車する。咲太の母校であり、紗良が通う峰ヶ原高校の最寄り駅。制服を着た生徒が数名降りて行った。大きなバッグを持っていたのはバレー部だろうか。クリスマスイブだろうと部活はあるようだ。

　ドアが閉まり、電車は再び走り出す。

　踏切をゆっくり通り過ぎ、ゆっくり走り続けて、次の稲村ヶ崎駅に電車が止まる。藤沢行きの電車とすれ違うため、待ち合わせをしてからまた走り出す。

　車窓には、時々建物の隙間から海が見えた。

　こうなると、ついつい窓の外に海を探してしまう。次の隙間を待っているうちに、電車は極楽寺駅に停車する。駅名に相応しく、とても静かな駅だ。乗り降りする人も少ない。

「咲太せんせ。約束覚えてますか？」

　静かな車内に聞こえた紗良の声は、先ほどまでとはまとう空気が違っていた。

「ん？」

「私の思春期症候群を治さないって約束です」

「覚えてる」

「でも、咲太せんせは嘘つきだから」

　紗良は笑いながら言って、咲太の顔の前に自らの小指を差し出した。指切りをしようと言っているのだ。

「……」

　咲太が無言で小指を絡めると、電車のドアが閉まった。「発車します」という車掌の合図とともに電車は走り出す。すぐに周囲が暗くなったのは、電車がトンネルに入ったから。極楽寺駅と長谷駅の間にある江ノ電唯一のトンネル。

光は遮られ、トンネル内を走る音に包まれる。

「指切りげんまん」

紗良は咲太にだけ聞こえるように約束の歌を歌い出した。

「嘘ついたら」

その間に電車はトンネル内を走り、その先の光を目指して前進する。

「針千本のーます」

出口はもうすぐ。

「指切った」

車内が明るさを取り戻していく中、紗良は最後の言葉を口にした。

咲太の小指から紗良の小指が離れていく。トンネルを抜けた電車内は眩しい光に照らされた。その眩しさに思わず目を瞑った。それでも、視界は白く染まったままだ。それを不思議に思っていると、意識の方まで白く塗り潰されていく。

そして、何かおかしいと感じた瞬間……咲太は、目を覚ました。

最初に見えたのは、指切りをしていた自分の右手。その小指をぺろぺろと舐めるなすののの顔。なすのの向こう側には、見慣れた自室の白い天井があった。藤沢に引っ越してきてから毎朝見

上げている天井。

「今の夢か……」

信じられない気持ちで体を起こす。ベッドも、シーツも、机も、カーテンも……ここが咲太の部屋であることを教えてくれている。

枕元にある時計の日付は、十二月三日を示していた。

「ここは現実だよな?」

咲太を見上げるなすのは、返事の代わりに大きなあくびをした。

2

「梓川君、それ下げたら休憩入って」

空っぽになったハンバーグの鉄板とライスの皿を手に持ったところで、後ろの席をアルコール消毒している店長にそう声をかけられた。

ランチタイムの混雑は過ぎ去り、ファミレスの店内には空席も目立ちはじめている。

「それじゃあ、休憩入ります」

「あ、そうだ」

食器を持ってフロアを出て行こうとした咲太は、何かを思い出した顔の店長に呼び止められた。さすがに無視はできない。

「なんですか、店長」

「クリスマス、シフト入れない？　二十四日と二十五日。どっちかでいいから」

「すみません。予定あって」

「そうだよねぇ。クリスマスだもんねぇ」

「すみません」

そう繰り返し、咲太は軽く頭を下げてから今度こそ奥に下がった。

流し場にいたパートのおばちゃんに食器を預け、スタッフ用のお茶をコップに注いでから休憩室に入った。

コップを置いたテーブルには、「クリスマスボーナスあり！　スタッフ大募集！」の紙が貼られている。「ケーキもあるよ」と、コメントが添えられている。店長の必死さがひしひしと伝わってくる。

「クリスマスね……」

パイプ椅子に腰を下ろして、しみじみと考える。

今年のクリスマスは、一体どうなっているだろうか。

昨晩までは麻衣と過ごす甘いひと時を夢見ていられた。

だが、今朝見た夢が、咲太の気分に冷や水をぶっかけた。

あれがただの夢なら当然気にはしない。簡単に無視できる。

それができないのは、予知夢の類である可能性が高いから。

紗良が教え子になる夢が、そのまま現実になったように……。あのときの夢とまったく同じ感覚だった。起きた時に夢だと気づいた。

今朝の夢も現実になるのだとしたら、色々と問題がある。

まず、二十四日なのに、咲太は麻衣と過ごしていなかった。昨晩、お泊まりデートの約束をしたばかりだというのに……。

どういうわけか、一緒にいたのは塾で新たに担当することになった姫路紗良だった。

しかも、その紗良は非常に気になる発言をしていた。

——私の思春期症候群を治さないって約束です

どうして、咲太とそんな約束をしたのかはわからない。今、ここにいる咲太は紗良とそんな約束はしていない。だけど、あの発言からひとつだけわかることはあった。

紗良は思春期症候群を発症している。

そのことを、紗良自身の言葉が認めていた。

「まいったな」

無意識に独り言がもれる。

「先輩、何がまいったの？」

意外なことに返事があった。ウェイトレスの制服に着替えた朋絵が、女子更衣室から出てきたのだ。

「ちょっと変な夢を見てな」

「え？　先輩も？」

少しびっくりした顔で朋絵が答える。

「てことは、古賀もか？」

朋絵はタイムカードの時計を見て、まだ二時五十五分であることを確認すると、休憩室に入ってきて咲太の向かいの椅子に座った。

「あたしじゃなくて、奈々ちゃんなんだけど」

奈々とは朋絵の友人の米山奈々のことだ。

「今朝、現実みたいな感覚の夢を見たんだって」

朋絵がスマホをテーブルに置く。

「それってどんな？」

「うーん……ま、先輩ならいっか。ちょっと聞きたいことあるし」

何やらひとりで悩んで勝手に解決している。

「奈々ちゃんに彼氏が出来たって、前に話したよね？」

「中学の頃の同級生だって言ってたな」

「うん、それで、その……」

すぐに口ごもった朋絵は、居心地悪そうに咲太から視線を逸らした。

「その？」

「クリスマスイブの夢でね……」

咲太が見た夢と同じ日。これは偶然だろうか。

「だから、彼氏と一緒にいて……キス、してたんだって」

言い終えた朋絵は、咲太が悪いことをしたかのような顔で睨んでくる。

「それって、どんな風に？」

「どんな風に⁉」

「いい雰囲気だったのか、ちょっと無理やりだったのか」

後者の場合、話の受け取り方が変わってくる。

「奈々ちゃんの方からしたって」

「米山さん、やるな」

「だから、これが『#夢見る』みたいに、本当になるんだったら、どうしようって相談されて……」

落ち着かないのか、テーブルに置いていたスマホを朋絵がぎゅっと握る。

「先輩、どう思う？」

「キスすればいいと思う」

「受験生なのに、いいのかなって」

スマホを操作して、朋絵は何か確認していた。恐らく、奈々と行っていたメッセージアプリでのやり取りを見直しているのだ。

「僕は去年、ほどほどに麻衣さんとイチャイチャしてたぞ？」

「奈々ちゃんを先輩と一緒にしないで」

「なんか後ろめたいなら、その分勉強をがんばればいいんじゃないか？」

咲太の場合は、麻衣に叱咤されて強制的に勉強をさせられたものだ。アメが一なら、ムチが百だったわけだが……。

「やっぱり、そうだよね」

恐らく、朋絵もそれがいいと思っていたのだろう。だが、友達に無責任なことは言えないからとか悩んで、咲太に話を振ってきた。

早速、朋絵がスマホを操作する。

「米山さんも、いいって言ってほしいんだろうし」

「先輩、一言余計。あ、奈々ちゃん『ありがとう。がんばる』って」

それは勉強をだろうか。恋愛をだろうか。この場合、どちらもだろう。

「てか、意外と信じられてるんだな。『#夢見る』って」

「最近、学校でも話してる人、増えたかな」

「そっか」

今のところ、それによって咲太に不都合が起きているわけではない。ただ、このまま噂が広がり続けることには本能的に不安を感じてしまう。話が真実味を帯びて、みんなが信じるようなことになれば、時々流行るオカルト話では済まされなくなるのではないだろうか。

悪い未来を知れば、みんなそれを変えようとするはずだから。

今の段階で、それを気にするのは考えすぎだろうか。考えすぎかもしれない。

「それで？　先輩はどんな夢を見たの？」

「米山さんの初々しい話のあとだと、ちょっと恥ずかしいな」

紗良とデートをしていた……などと言ったら、朋絵に何を言われるかわかったものではない。不当な罵倒の言葉が飛んでくるのは確実だ。

「先輩に恥ずかしいなんて感情ないじゃん」

さらっと酷いことを言いながら、朋絵は再びスマホに視線を落とす。新しいメッセージでも届いたのか、画面に触れて何やら操作している。かと思うと、急に顔を上げて咲太に疑いの眼差しを向けてきた。

「先輩、姫路さんに何かした？」

朋絵が口にしたのは意外な名前。今、咲太にとってはホットな名前でもある。

「まだ何もしてない。今月から、塾で担当することにはなったけど」

事実をありのままに伝える。今のところ、塾講師と教え子という以外、咲太と紗良の間には何もない。それは本当だ。

あの夢が現実になるのなら、これから先に、何かあるのかもしれないが……。

「じゃあ、それでかな。『咲太せんせの連絡先、知りませんか？』って」

朋絵がスマホの画面を咲太に見せてくる。

「そういや、スマホ持ってないって、まだ言ってなかったかもな」

「今、ファミレスのバイトで一緒って教えていい？」

「悪い。頼む」

咲太の返事を待って、朋絵がスマホを手元に引っ込める。

「先輩、バイト何時まで？」

「夜の九時」

「『バイトが終わったら、時間もらえますか？』だって」

咲太がそれに返事をする前に、

「『それまで自習室で試験勉強しているので』だって」

と、続けて届いたメッセージを朋絵が読み上げる。

「わかった」

咲太も紗良に確認しておきたいことがある。夢のこと。思春期症候群のこと。今日、会えるのは、咲太にとっても何かと都合がいい。

「『待ってます、咲太せんせ』だ、そうです」

急にかしこまった朋絵は、なんだか面白くなさそうな目を咲太に向けている。「文句がありますす」と目で語っている。

「何か？」

「別に～」

たっぷり含みを持たせたまま朋絵が立ち上がる。シフトの時間が迫っていた。

「姫路さんって、すっごいモテるから。先輩も、せいぜい気を付けてね」

何に気を付ければいいのかを聞く前に、朋絵はフロアの方へ出て行ってしまった。

3

バイトを終えた咲太がファミレスを出たのは午後九時五分。紗良を待たせていることもあり、タイムカードは時間ぴったりに切った。さっさと着替えると、すれ違うスタッフのひとりひとりに「お先に失礼します」と声をかけて店を出た。

　クリスマスの飾り付けがされた通りを、駅の方に向けて歩き出す。すると、すぐに誰かの足音を背後に感じた。疑問に思った直後、背中から抱き付くように誰かが体重を預けてくる。それとほぼ同時に、

「だーれだ」

と、視界を毛糸の手袋に塞がれた。

　この手の悪戯をしそうな人物に心当たりはある。だけど、咲太が真っ先に頭に思い浮かべた相手は今、遠い沖縄の地だ。それに、もし彼女なら、声を聞いただけですぐにわかっただろう。

　一瞬悩んだこと自体が、咲太を答えに導いた。

「試験勉強をサボってる姫路さん」

「残念、不正解です」

　少し不服そうな声の主は、咲太の目元から手を離し、ぴったりくっついていた背中からも離れて、正面に回り込んできた。

「正解は、試験勉強の息抜きをしている私でした」

　悪戯が成功して、紗良は楽しそうに笑っている。

「姫路さんも、子供っぽい悪戯とかするんだな」

　同世代と比べて、紗良はしっかりしているように見える。落ち着きがあって、大人びているというのが、咲太から見た紗良の印象だったから少し意外だ。

「私、まだ子供ですよ？　咲太せんせより三つも」

手袋の指を三本立てて、咲太の顔の前に突き出してくる。

「自分を子供って言えるのは、子供じゃない気がするけどな」

少なくとも、紗良の言い回しには「子供」という言葉を上手に利用しようという意図が働いていた。

「なら、咲太せんせから見て、私ってもう大人ですか？」

「思春期って感じかな」

軽く探りを入れるつもりで、咲太はあえてその言葉を口にした。夢で見た通り、紗良が思春期症候群を発症しているのなら……彼女に自覚症状があるのなら、何らかの反応があるかもしれないと思ったのだ。

けれど、紗良は先ほどと何も変わらぬ様子で、

「そうですね。確かに、思春期が正解ですね」

と、咲太の言葉を素直に受け入れただけだった。身構えるような素振りは少しもない。驚きも、戸惑いも、焦りも何もない。和やかな雰囲気の笑顔を、ずっと咲太に向けていただけ。これでは何もわからない。また別の切り口から攻めるしかなさそうだ。

「そうだ。鞄、自習室に置きっぱなしなんです」

「じゃあ、一旦塾に行こうか。ここ寒いし」

「はい」

夜の九時半を迎えても、塾の中は煌々と明かりが灯っていた。学校では考えられない光景だが、塾としてはこれが日常だ。とは言え、土曜日の今日は幾分人の気配が少ない気がする。

「教室、誰かいます？」

「もう授業はやってないな」

「私、鞄取ってくるので、そっちで待っててください」

足早に自習室に消えた紗良を見送ると、咲太は言われた通り先に教室に入った。先日も授業で使ったパーテーションで区切られた小さな教室。教室とは言っても、長机とホワイトボードがあるだけのこぢんまりした簡素な空間に過ぎない。

ホワイトボードの前に立っていると、すぐに鞄を持った紗良がやってきた。

紗良は自然と長机の椅子を引いて座る。お互いの位置関係は、授業をする際とまったく同じだ。授業と違うのは、紗良が机の上に、ノートもテキストも筆記用具も出していない点。

「誰もいないと、ドキドキしますね」

耳打ちのポーズで、紗良は咲太の方に身を乗り出してくる。自然と声のボリュームも下がっていた。

普段なら生徒の質問の声や、講師の解説が隣や向かいから聞こえてくる。それが全くないのは、咲太にとっても新鮮だった。

「期末試験でわからない問題でもあったか？」

咲太が担当する数学は試験初日……つまり、昨日のうちに終わっている。

「試験はバッチリです。咲太せんせの試験対策、見事的中でした」

「それは、山田君の結果にも希望が持てそうだな」

「だといいですね」

同じクラスの紗良は何か知っているのか、おかしそうに笑っていた。試験が終わったあとに「終わった……」とか言っていたのかもしれない。健人なら言ってそうだ。悲しいことに、その姿がありありと想像できる。

「んで、試験のことじゃないなら……？」

視線に疑問を乗せて紗良を見る。その目を、紗良はじっと見つめ返してきた。

「咲太せんせ……『#夢見る』って知ってますよね？」

「最近、よく聞くな」

今日も、ファミレスのバイト中に朋絵とその話をしたばかりだ。

「それで、私……今朝、おかしな夢を見たんです」

「なるほど、おかしな夢ね」

このケースは想定していなかった。だが、言われてみれば、一番あり得るパターンだったのかもしれない。

「クリスマスイブの夢だったんですけど……」

「うん」

「一緒にいるのが咲太せんせで……」

「……」

「たぶん、デートをしてたんだと思います」

ここまでの内容は、咲太が見た夢と一致している。

「そんで、僕と姫路さんが江ノ電の中で、指切りをしたりしてた、とか？」

「え……？」

「極楽寺のあたりで」

「え⁉」

咲太の言葉に、紗良は露骨に驚いた。

「……もしかして、咲太せんせも？」

その疑問は、咲太の確認の言葉を肯定していた。

「見たよ。たぶん、同じ日の夢を」

「嘘、こんなことってあるんですか？」

弾んだ紗良の声。驚きや不安よりも好奇心が前に顔を出している。

「あるんだろうな。実際に起きてるんだし」

夢が本当に未来を先取りしたものなら……その日、その時間に一緒にいるはずのふたりが見る夢は、当然同じ内容でなければならない。その日、その時間に、一方が別の場所で、別のことをしていたら、辻褄が合わなくなってしまうから……。

そして、あの夢が咲太と紗良の未来そのものだとしたら、紗良にはどうしても聞いておかなければならないことがある。

「ひとつ確認だけどさ」

「思春期症候群のことですか？」

今度は紗良が先回りをしてくる。

「そう。あれ、本当なのか？　治さないって約束がどうとか言ってたけど」

「はい、本当です。私、思春期症候群なんです」

紗良はからっとした笑顔で、あまりにもあっさり認めた。そこに、後ろめたさや、戸惑いはまるで感じられない。困っているようにはまるで見えなかった。「ピアノ習ってるの？」という質問に、「はい」と答えるくらいの気楽さがあった。

「どんな思春期症候群なんだ？」

「それは秘密です」

同じテンションのまま、今度は拒否されてしまう。

「いつから？」

「ゴールデンウィークが明けた朝です」

これには答えが返ってきた。しかも、やけに正確に。今はもう十二月。半年以上前のことなのに、紗良がはっきり覚えているのは、それだけ印象深い出来事だったからだろう。

「その頃、嫌なことでもあった？」

「失恋しました」

今度もまた、紗良は咲太の質問に答えてくれた。その表情はあっさりしたものだ。

「あ、付き合っていた人に振られたとか、告白して振られたとかではないんですけど」

咲太が何かを言う前に、紗良がそう付け足してくる。

「好きになったその人には、他に好きな人がいたパターンか」

「パターンとか言わないでください」

嫌な図星の指され方に、紗良が照れを含んだ拗ねた声を出す。

「でも、今はもうあんまり悩んでるようには見えないけど？」

「はい。もう平気です」

紗良の表情に嘘はない。無理をしている様子もなかった。自分の意見がはっきりしているいつもの紗良のままだ。

「思春期症候群のおかげで吹っ切れました」

だから、これは紗良の本心なのだと思う。心からそう思っていると感じた。

それゆえに、咲太はひとつだけ引っかかっていた。紗良自身がこれほど明確に「吹っ切れた」と言っているのに、どうして紗良は未だに思春期症候群を発症しているのだろうか。その点だけは不可解だ。

「今は毎日が楽しいんです。だから、夢の中でも言ってましたけど……咲太せんせ、私の思春期症候群を治さないでくださいね」

「僕って、そんなおかしな病気を治せる医者に見えるか？」

「全然、見えません」

紗良が声に出して遠慮なく笑う。

「夢の中の私は、どうしてあんなこと言ってたんだと思いますか？」

「さあ」

「あ、それでこのことは、ふたりだけの秘密でお願いします」

思い出したように、紗良が約束を迫ってくる。

「このことって？」

「わかっているのに、聞き返さないでください。もちろん、私が思春期症候群だってことです」

「誰にも言わないよ」

「本当ですか？」

笑顔をしまった紗良が真剣な表情で見上げてくる。

「言わない。言ったところで誰も信じない。僕の頭がおかしいと思われるだけだから」

納得するだけの理由を咲太が重ねると、紗良は「それもそうですね」と微笑んだ。

「だいたい、どんな思春期症候群かわからないと、誰かに面白おかしく話すことはできないしな」

遠回しに改めて聞いてみる。どんな思春期症候群なのだろうか。

「気になりますか？」

紗良は咲太の言葉の意図をきちんと汲んでくれた。

「まあ、僕に害がないなら、そこまで気にはならないんだけど」

押してダメなら引くまでだ。

「咲太せんせは、もっと教え子に興味を持ってください」

「でも、教えてくれないんだろ？」

「じゃあ、私からの宿題にします。どんな思春期症候群なのか、考えてきてください」

「宿題、嫌いなんだよなぁ」

「期末が終わったら、ちゃんと提出してくださいね」

「やったら、何かご褒美もらえるのか？」

「そうですね……正解してたら、咲太せんせのお願いをひとつ聞いてあげます」

考えるような仕草のあとで、紗良はからかうような笑顔を向けてきた。

「それは楽しみだな」

「エッチなのはダメですよ」

紗良が声に出して笑う。それを遮るように、紗良の鞄のポケットの中でスマホが震えた。

「あ、もうこんな時間」

時計は夜の十時になろうとしていた。

「駅にお母さんが迎えに来ているので先に帰ります」

慌てた様子で席を立った紗良は、母親からの電話に出ながら鞄を肩にかける。

「あ、お母さん、ごめん。まだ塾。すぐ行くから」

要件だけを一方的に伝えて、紗良が電話を切る。教室を出て行く際に、一度だけ咲太を振り返った。

「宿題、忘れないでくださいね」

さわやかな笑顔で念を押してくる。咲太が嫌そうな顔をすると、それに満足したように笑って、細い通路を小走りで帰っていった。

「廊下は走らないようにな」

一応、背中に声をかけたが、紗良の姿は言っている途中で見えなくなった。

「……」

誰もいないフロアにひとり取り残される。

「なんか、妙なことになったな」

状況は進展するどころか、課題が増えただけのような気がする。この先、どうなるのだろうか。まるでわからない。

「……とりあえず、帰るか」

ここにいても何の解決にもならない。それだけは、はっきりわかっている。

紗良が走り去った通路を、咲太はゆっくり歩いて職員室前のフリースペースに戻った。カウンター越しの職員室では、塾の講師がまだ何やら作業をしている。

仕事の邪魔をしては悪いので、聞こえるか聞こえないかくらいの声で、「お先に失礼します」と声をかけて咲太は塾を出た。

ビルのエレベーターのボタンを押す。すでに上昇中だったため、十秒と待たずに五階まで咲太を迎えに来てくれた。小さなベルを鳴らし、ドアが開く。

「っ⁉」

中から聞こえてきたのは、驚きを呑み込もうとする息遣い。

誰も乗っていないだろうと思っていたエレベーターには乗客がいた。しかも、咲太の知り合いだ。疑問は瞬時に言葉になっていた。

「なんで、双葉がいるんだ？」

エレベーターに乗っていたのは理央だった。

「私は……昨日忘れ物をして」

言い訳するように理由を話して、理央がエレベーターから降りてくる。

「珍しいな」

わざわざこんな時間に取りに来るのも少し妙だ。

「梓川こそ、なんでいるの？」

「いちゃまずかったのか？」

理央の言葉と態度には、咲太を咎めるような雰囲気がある。

「僕はちょっと色々あって。でも、まあ、双葉に会えて丁度よかった。相談したいことがある。このあといいか？」

時間もだいぶ遅いが、ここで理央を捕まえられたのは幸運だ。

「じゃあ、待ってて。私も……相談したいことあるから」

それもまた、理央の口から聞くのは珍しい言葉だった。

すぐにロッカーから戻ってきた理央の手には、先ほどまでは持っていなかったグレーのコートがかけられていた。

「忘れ物ってそれか？」

「いいから行くよ」

咲太の指摘は無視して、理央はエレベーターに乗り込んでしまう。今の季節に、コートを忘れて帰るのは普通じゃない。昨日、よほどのことがあったのだろう。

だからこそ、理央は相談したいと言ってきた。

塾を出ると、咲太と理央は駅の南側に足を向けた。入ったのは江ノ電の線路沿いを少し歩いたところにあるハンバーガーカフェ。アルコールの提供もする店内では、二組の先客が陽気な笑い声を上げていた。

腹が減っていた咲太は店自慢のハンバーガーを注文。ほどなくしてプレートに載せられたボリューム満点のハンバーガーが運ばれてきた。カフェラテだけを頼んだ理央の前で、豪快にかぶりつく。理央の目は「よくこんな時間にそんなカロリーの高いもの食べるね」と呆れていた。

ハンバーガーを食べ終わったところで、咲太はフライドポテトをかじりつつ、理央に今日の出来事を話した。

夢を見たこと。

紗良と一緒だったこと。

彼女が思春期症候群だと言っていたこと。

さっきまで紗良と会っていて、それが事実だと確認したこと。

そのすべてを咲太が話し終えると、

「で、梓川は早速約束を破って、彼女の秘密を私に話したんだ」

と、理央はため息交じりにもらした。

「僕って嘘つきらしいからな」

「それは知ってる」

「で、どう思う?」

「とりあえず、梓川が見た夢のおかげで、桜島先輩が危ないっていうメッセージの答えは出たんじゃない?」

「そうか?」

理央が何を言いたいのか、咲太にはさっぱりわからない。

「梓川の浮気が原因で、桜島先輩にぶすっと刺されるって意味でしょ」

「……確かに、それも『麻衣さんが危ない』だな」

ただ、それだと「霧島透子を探せ」が繋がらない。

「冗談はさておきだ」

「梓川の場合、冗談とも言い切れないと思うけど」

理央は本気のトーンだ。

「麻衣さんとのお泊まりデートをキャンセルして、僕が姫路さんとデートをすると思うか?」

「ただのデートなら絶対にしないだろうね」

「だろ？」

「でも、彼女の思春期症候群を治すためなら話は変わってくると思う」

「姫路さんの思春期症候群が、麻衣さんを危険に晒すかもしれない場合はな」

そんな状況になっているのなら、デートのキャンセルは致し方ない判断だ。できれば、延期という形で麻衣にはお願いしたいが……。

「桜島先輩のことがなくても、梓川はそうしそうな気もするけどね」

「こっちに害がないなら、放っておく気満々だよ。本人が治さないでくれって言ってるんだし」

現状維持を紗良が望んでいるのなら、咲太がしゃしゃり出る幕ではない。

「だったら、彼女の思春期症候群が有害か無害かを判断するために、梓川は出された宿題をやるしかないんじゃない？　例のメッセージに関係している可能性がある以上は」

「まあ、そうなんだよな」

それがわかれば、次の手に進める。それがわからないから宿題をやるしかない。

「宿題ね」

嫌々その言葉を口にする。

とにかく厄介なのは、手がかりが何もないこと。紗良から聞かされたのは、発症した理由が失恋にあるらしいこと。それと、時期がゴールデンウィークだったということだけ。

もう少し有力なヒントをもらわなければ考えようがない。

「自分で問題を解くのが嫌なら、カンニングでもすれば？」

理央が不謹慎な提案をしてくる。

「どうやって？」

それに咲太は乗っかることにした。元々、ルールが曖昧な状況だ。手段を問われることはないだろう。

「姫路紗良の他にもうひとりいるでしょ？　答えを知ってるかもしれない人物が」

理央に言われて、咲太も思い当たった。

「……そっか、霧島透子」

紗良の思春期症候群が透子からのプレゼントなら、透子が知っている可能性は確かにある。卯月のときも、郁実のときも、透子はふたりが思春期症候群であることを知っていた。

「とにかく、もう一度会うしかないか」

どの道、透子にはまだまだ聞きたいことが残っている。

透子の思春期症候群こそ、早急に治さなければならないものかもしれないから。そのための糸口を探るには、やはり本人に会うのが一番確実で、なおかつ早いはず。

紗良のことも聞けるなら、これ以上の近道は他にない気がした。

「双葉に話して正解だったよ。ありがとな」

「どういたしまして」

お礼とばかりに、理央はフライドポテトを一本摘んで少しずつ食べていく。それがなくなるのを待ってから、咲太は話を変えた。

「そんで、双葉の相談ってのは？」

「私のは……」

視線を落とした理央は、飲もうとして手を伸ばしたカフェラテの泡をじっと見つめている。

「……」

「……」

しばらく待っても、続きの言葉が出てこない。

そんなに言い出しにくいことなのだろうか。

「なんだよ、告白でもされたのか？」

「っ!?」

話の切っ掛け程度のつもりで口にした冗談に、理央が露骨に反応する。まさかの大当たりを引いてしまったのかもしれない。

「……まじで？」

咲太が聞くと、理央は俯いたまま小さく頷く。

「誰に？」

「塾の……」

「あー、加西虎之介か」

「……なんでわかったの⁉」

理央が上目遣いで睨んでくる。でも、顔は真っ赤なので全然迫力がない。

「そりゃあ、双葉好き好きオーラが出てたから」

「……なんで教えてくれなかったの？」

今度は恨めしそうに睨んでくる。

「その方が面白いから……というのは嘘で、加西君に悪いだろ。勝手に話したら」

「……」

理央は無言で不満を訴えかけてくる。だが、この件に関しては咲太の言い分の方が正しいはずだ。勝手に他人の気持ちをべらべらしゃべるものではない。

「ちなみに、いつ？」

「昨日」

カフェラテのカップを両手で持って、理央がぽつりと答える。

「どこで？」

「塾の教室で」

「どんな流れでそうなった？」

「最近、勉強に集中できてないみたいだったから……何か悩みでもあるのかと思って『どうしたの？』って聞いたら……」

「それは双葉が悪い」

「梓川が教えてくれてたら聞かなかった」

「んで、返事は？」

「する前に『返事は今じゃなくていいです』って、帰っていった」

「なるほど」

恥ずかしさに耐え切れなかったのだろう。以前、塾にいるのを見かけた際には、理央の側にいるだけで、ドキドキしているのが伝わってきていた。

「どうすればいいと思う？」

「双葉がしたいようにすればいいと思う」

「考えたことなかったし」

「だったら、この機会に考えればいいと思う」

「今は正論なんて聞きたくない」

「双葉にとっては、いい機会なんじゃないのか」

ハンバーガーと一緒に頼んであったコーヒーを一口飲む。

「いい機会って、何が？」

「いつまでも、国見を引き摺ってるのもどうかと思う」

「別に引き摺ってない」

「ほんとかぁ？　その辺の男を、国見と比べてたりするだろ？」

「……してない」

　言葉では否定していても、理央の態度に説得力はなかった。もちろん、意識的に比べているわけではないだろう。指摘されたことで、無自覚にそうしていた今までの自分に気づいたのだと思う。そんな反応だった。

「やめとけよ、それ。国見よりいいやつなんて、いるわけないんだし。あいつの欠点は女の趣味が悪いことだけだからな」

「国見の彼女は、立派だよ」

「そうか？」

「病院で働いている国見のお母さんの話を聞いて、自分も看護師を目指すって決めたらしいし」

「なんで、双葉がそんなこと知ってんだ？」

「卒業前に、『彼女のどこが好き？』って聞いたら、今の話をしてくれた」

「……そんなおっかないこと聞くなよ」

心臓に悪い。随分時間が経った今になって話を聞いても、胸が苦しくなる。締め付けられる。

「でも、待てよ？　ってことは、もしかして双葉も知ってたのか？　上里がうちの看護学科にいること」

「知ってたよ」

佑真からも知らされず、理央からも知らされなかった。入学から半年以上が経過して、よりにもよって合コンの場で、咲太は上里沙希に遭遇したのだ。

あれこそ心臓に悪かったので、先に教えておいてもらいたかった。

「僕たち友達だよな？」

「友達だから言えないこともあるでしょ」

少なくとも、この件に関してその言葉は当てはまらない。断じて違うと思う。

もう一本、理央がポテトを摘んで食べる。その指先を拭きながら、

「まあ、でも、ありがと」

と、理央はぽつりともらした。

「ん？」

「話聞いてもらって、少しは落ち着いた」

「こんな面白い話、いくらでも聞くぞ」

「梓川にはもうしないようにする」

残っていたカフェラテを理央が飲み切る。店内の時計は十一時半を回っていた。閉店の時間が近づいていた。

4

週末はバイトをしているだけで過ぎ去り、週の頭の月曜日からはまた大学に通う普通の日々が戻ってきた。

毎朝、咲太は本校舎に向かう銀杏の並木道で透子の姿を捜した。

教室を移動する際も、学食に行くときも、帰り道でも……学生の流れの中に、ミニスカサンタがいないか気にかけていた。だが、モンブランをおごって以降、大学内で透子を見かけることはなかった。

毎日のように電話もした。花楓に白い目で見られながら、留守番電話にメッセージを残した。

だが、電話は一度も繋がらなかったし、透子からの折り返しもなかった。

何も進展がないまま一週間は過ぎて行き……気が付けば、金曜日になっていた。

十二月九日。

空になった弁当箱を咲太が片付けていると、

「最近増えたよなぁ」

と、本校舎の教室の窓から外を眺めていた拓海がしみじみ呟いた。

「増えたって何が？」

席を立って窓辺に立つ拓海の隣に移動する。

「付き合っている男と女」

三階から見下ろした本校舎脇の道を、一組のカップルが仲睦まじく歩いているのが目に留まる。何か面白い冗談でも言ったのか、互いに声を出して笑っている。

「これから恋人の季節だしな。イベントラッシュだもんなぁ」

恨めしそうに、羨ましそうに拓海がもらす。

「ラッシュって言うほどあるか？」

「クリスマスイブにクリスマスだろ？」

「ふたつまとめてクリスマスって言わないか？」

「年末に正月だろ？」

「それ、カップルのイベントか？」

「なに？　梓川は桜島さんと一緒に過ごさないの？」

「過ごすけど」

麻衣と予定が合えばの話だが……。

「ほら、カップルのイベントじゃない。梓川は幸せ過ぎて頭おかしくなってるな」

酷い言われようだ。

「正月が終われば、節分だろ？　バレンタインだろ？　ホワイトデーだろ？」

明らかに違和感のあるイベントも含まれていたが、咲太はあえて突っ込まなかった。だいたい、どれもまだ先の話だ。

「来年のことを言う前に、まずはクリスマスだろ」

咲太としても、今、一番気になっているのはその日だ。約束通り麻衣と過ごすことができるのか。それとも、夢で見た通り紗良と過ごすことになるのか。

「だから、その日までに彼女を作るべく、今、合コンセッティングしてもらってるのよ。決まったら、梓川も来てくれ」

「やだよ。合コンにはいい思い出がない」

咲太にとって初の合コンは、意外過ぎる人物の登場によって、非常に居心地の悪いものだった。恐らく、一生忘れないだろう。嫌な思い出として記憶に刻まれている。

「あ、ほら、あれもカップルだろ」

窓の外を拓海が指差す。見えたのは一組の男女。ふざけた感じで、女子が男子の背中を押して走っている。何がそんなに楽しいのかはわからないが、ふたりとも声を出して笑っていた。

「恋は盲目だな」

拓海がどうでもよさそうに呟く。

それに、窓の外を見る咲太は反応しなかった。意識は別のところに移っていたから……。並木道の方向。赤い影が歩いている。

見覚えのあるミニスカサンタ。

その後ろ姿は霧島透子に間違いなかった。

荷物は置いたまま、咲太は咄嗟に駆け出していた。

「なに？　どったの？　もうすぐ授業はじまるよ？」

「教授にはトイレだって言っておいてくれ！」

教室を飛び出す。

「やだよ。恥ずかしい」

拓海の返事を聞いたときには、咲太はもう階段を駆け下りていた。

外に駆け出したところで、授業の開始を知らせるチャイムが鳴った。

本校舎に急ぐ学生たちの流れに逆らって、咲太は並木道に出た。

その足は、正門の方に向いたところでぴたりと止まる。

十メートルほど先に、目的の人物を見つけたから。

透子はベンチにスマホを立てかけたかと思うと、並木道を十歩ほど歩いて……それが済むと、ベンチに戻って何やらスマホを確認していた。

一体、何をしているのだろうか。

納得がいかなかったのか、透子は再びベンチにスマホを立てかけて、先ほどと同じように歩き出す。少し作った歩き方。モデルがランウェイを歩くような……。

そこに咲太は近づいていきながら、声をかけた。

「あの」

「こっち来ないで、画面に入っちゃう」

「はい？」

うんざりした様子で、透子は咲太を振り向いた。どこか怒った顔ですたすたと近づいてきたかと思うと、咲太を素通りしてベンチのスマホに手を伸ばす。

「何してるんですか？」

「クリスマスソング用の動画素材の撮影」

「それはもう発表したんじゃ？　こないだモンブランをご馳走した日の夜に」

「あれは別の曲」

咲太を見ずに返事をした透子は、またしてもベンチにスマホを立てかける。だが、手を離した瞬間に、スマホは滑って倒れてしまう。

「手伝いましょうか？」

「……」

「上手くいってないみたいだし」

「じゃあ、わたしを撮りながらついてきて」

すでに動画撮影モードになっていたスマホを、透子が差し出してくる。

「赤いところ触れば、録画できるから」

そう言うと、透子は並木道を歩き出した。言われた通り、透子の背中をカメラに収めながらついていく。

幸い、授業中の並木道に学生は殆どおらず、妙な視線を浴びることはなかった。すれ違った数人の学生たちも、特に咲太の行動を不思議がる様子はない。今の時代、動画の撮影をしながら歩く人間など別に珍しくもなんともないのだ。

「しゃべってても大丈夫ですか？」

周りに誰もいないことを確認して、咲太は透子に声をかけた。

「映像しか使わないからいいけど、面倒くさい話はやめてね」

「姫路紗良の思春期症候群について教えてください」

釘を刺されたので、咲太は単刀直入に聞いた。

「誰それ？」

前を歩く透子から返ってきたのは、つれない言葉。

「僕の塾の教え子です」

「それをなんでわたしが知ってるの？」

「彼女、自分は思春期症候群だって言ってるんです」

「それで？」

「それが霧島さんからのプレゼントなら、何か知ってると思ったんですけど」

「知らない」

返事とともに立ち止まった透子が振り返る。靴の踵を鳴らしながら近づいてくると、咲太の手からスマホを奪い取った。

「思春期症候群はわたしからのプレゼントで間違いないと思うけど」

撮影したばかりの映像を、早速確認している。

歩くミニスカサンタの後ろ姿がずっと映っている。咲太と透子の会話の様子も、しっかり記録されていた。その中でも、透子は紗良を知らないと言っている。

「広川さんと赤城のことは知ってましたよね？」

「それは、この大学の学生だし」

透子の目は当たり前のことを聞くなと語っていた。その目が嘘を吐いているようには見えない。咲太に意地悪をしている様子もなかった。ただ、事実を語っている。少しだけ面倒くさそうに……。

「カンニングは失敗ってことか」

こうなると、咲太には紗良の思春期症候群を知る術がない。何かおかしな現象が起こるのを待つしかない。巻き込まれるまでわからない。そんな事態は遠慮したいところではあるが……他にアテらしいアテは思い当たらない。

「ありがとう。いい素材が撮れた」

得るものがなかった咲太に反して、映像を確認し終えた透子は満足げだ。

「カメラマンが必要なときは、いつでも呼んでください」

「そう？　じゃあ、二十四日、生配信するからここに来て。午後四時集合で」

「いや、二十四日はちょっと……」

「よろしく」

咲太の「待った」は聞いてもらえず、透子はさっさと正門の方に行ってしまう。その背中は、そのまま大学の敷地を出て行って、やがて見えなくなった。

「これ以上、二十四日をややこしくしないでくれ……」

ただでさえ、おかしな夢のせいで問題を抱えているというのに。それに輪をかけて、透子から一方的な約束を増やされては堪ったものではない。麻衣にどう説明しろと言うのだろうか。

「……とりあえず、授業に出るか」

あんまりトイレが長いと、教授にいらぬ心配をかけてしまう。

5

翌日の十二月十日。土曜日。

日中は掃除に洗濯、さらになすのを風呂に入れて過ごし、昼食は訪ねてきた麻衣と一緒に作って、一緒に食べた。

午後からは雑誌のインタビューがあるという麻衣を見送り、咲太も四時過ぎには家を出た。六時から塾講師のバイトが入っている。

少し早めに出発したのは、急かされるような気分があったからだ。理由はわかっている。紗良に出された宿題。

今日が提出日なのに、まだ頭のページは真っ白なままだった。

外に出たところで宿題が進むわけではないが、なすのが答えを教えてくれるわけでもない。せめて、そわそわした気分だけでも、外に出て解消したかった。

塾に早く着いたら着いたで、授業の準備などやることはある。

歩いているうちに何か思いつくかもしれない。

そう微かな希望を抱いていた咲太だったが、結局、藤沢駅に到着するまで、紗良の思春期症候群がどんなものかなど見当もつかなかった。やはり、ヒントが少なすぎる。

重い足取りで、駅前の立体歩道を上る。すると、後ろから声をかけられた。

「あの、梓川先生」

男の声。

聞いただけでは、相手の顔がすぐには思い浮かばない。

誰だろうと思って振り返ると、真後ろに高い壁が立っていた。峰ヶ原高校の制服。部活の着替えが詰まった大きなバッグ。１９０センチ近くある長身から、咲太を見下ろしていたのは、加西虎之介だった。

「突然、すみません」

「なに？」

「少しお時間もらってもいいですか？」

「いいけど……僕？」

今日まで虎之介との接点がないので、当然の疑問だった。

「はい」

「双葉じゃなくて？」

「梓川先生です」

咲太の言葉に被せるように、虎之介は言ってきた。

「とりあえず、塾に行くか？」

「あ、いえ、できれば……」

虎之介の視線が泳ぐ。その様子から誰かに聞かれてもいい話ではなさそうだった。

「じゃあ、どっか入るか」

早く出てきた分、授業開始までは、まだ少し時間がある。

咲太が虎之介とやってきたのは、咲太がバイトをしているファミレスだった。ウェイトレス姿の朋絵に怪訝な顔をされながら、秘密の話ができそうな奥まった席に案内してもらう。

お互いドリンクバーだけ頼んで、コーヒーとコーラをそれぞれ持ってきて、向かい合わせに座った。

「んで、何の話？」

恐らくは理央のことだろうと咲太は半ば決めつけていた。それ以外に、虎之介との間に共通の話題が思い当たらない。

だが、虎之介が口にしたのは別の意外な名前だった。

「紗良の……いえ、姫路さんのこと、気を付けてあげてほしいんです」

予想外の話題に、頭が追い付かない。「紗良」と呼び捨てにして、「姫路さん」と言い直し、何に気を付けろと言うのだろうか。疑問が次々に生まれ、置き去りにされていく。

「気を付けるって何を？」

事情がさっぱりわからない以上、ひとつずつ解消していくしかない。

「梓川先生が三人目なんです。紗良の担当になるのは。いえ、姫路さんの」

「とりあえず、名前で呼ぶんでいいんじゃないか？」

「あ、はい」

咲太の助言を虎之介は素直に受け入れた。真面目な性格が伝わってくる。

「前に姫路さんを担当してた先生なら、僕も知ってる」

バイトの咲太とは違って、本職の塾講師の男性だ。年齢は二十代半ば。

「どうして代わったのかもご存じですか？」

「一応知ってる」

言葉を選ばずに言えば、塾講師が教え子に手を出そうとした。それが問題になった……というありそうな話だ。

「その前の……最初に紗良を担当した先生も、同じような理由で代わってるんです」

それは初耳だった。

「つまり、その人も姫路さんに？」

「……」

無言で虎之介が頷く。

「高校でも、紗良に告白した男子の話を、いくつか聞いてて……」

「まあ、モテそうだしな」

気さくで礼儀正しい優等生。よく笑って、その場を明るくしている。人見知りすることもなく、自然と紗良の方から距離を詰めてくれる。

そんな紗良だから、異性の気を引いてしまうのは、当然のことのように思える。咲太に近いところで言えば、まさに健人がそのひとりだ。

「やたらと男が寄ってくるのが心配なら、加西君が気を付けてあげればいいんじゃないか？ 名前で呼ぶくらい親しいみたいだし」

「俺はダメなんです」

きっぱりと虎之介は否定する。

「なんで？」

「紗良とは家が隣同士で……」

「それだとダメなのか？」

もちろん、そんなわけがない。虎之介の話にはまだ続きがある。

「両親同士も仲が良くて……小さい頃からよく一緒に遊んでいました」

「幼馴染ってことか」

「そうみたいです」

虎之介の反応はどこか他人事だ。当事者にとっては当たり前の関係すぎて、『幼馴染』という表現で考えたことがなかったのかもしれない。そういう言葉との距離を感じた。

「それで、その……中学までは紗良を好きなんだと思っていました」

突然の告白が飛んでくる。

「いつも一緒だったので、周りからも付き合ってるんだろってからかわれたりして……」

「あるな、そういうの」

たぶん、羨ましいから冷やかしてしまう。

「俺もその気になって、そのうちそうなるんだろうなって思ってました」

「それが違ったわけだ」

実際、虎之介は理央に告白をしている。その事実を咲太は知っている。

「はい。あるとき、自分が恋愛感情だと思っていたものが、実はそうじゃなかったかもしれないと気づいたんです」

「それは、双葉を好きになったから？」

「はい」

反射的に素直な返事が戻ってくる。

「……」

「……」

「え⁉」

たっぷり間を空けて、虎之介は動揺を声に出した。顔にも出ている。二度、三度、口をぱくぱくして次の言葉を探す。だが、見つからず、視線が落ち着きなく宙を彷徨った。とりあえず、気まずさを埋めるように、虎之介はコーラをストローで吸い込む。だが、勢いをつけすぎて、思いっきり喉を刺激して咽ていた。

「ど、どうして？」

虎之介がようやくその疑問を絞り出したのは、咲太の最初の指摘から三十秒以上が経過したあとだった。

「塾で双葉に質問してるとき、好き好きオーラが出てたから」

「……」

再び虎之介が言葉を失う。今にも頭を抱えてしまいそうな雰囲気だった。

「双葉は手強いと思うけど、がんばってな」

「は、はい。い、いえ！　その話はいいんです！」

大きな体を小さく縮めて、虎之介が必死に話題を戻そうとする。

「ちなみに、姫路さんは加西君のことどう思ってるのかな？」

「好意的に思ってくれていたと思います」

「いた、ね」

「今は、わかりません」

それも当然だ。虎之介は紗良ではない。紗良の気持ちは紗良のもの。実際、自分の気持ちなんて、その当人だってわかっていなかったりするから性質が悪い。理央に出会う前の虎之介がそうであったように……。ちょっとした切っ掛けひとつで、間違えたり、勘違いしたり、思い込んだりする。そのことに、なかなか人は気づかない。

「加西君から見てさ、姫路さんってどんな子？」

「どんなと言うと……」

「明るいとか、礼儀正しいとか、でも、人懐っこいところもあるとか。それって、昔から？」

「そうですね。幼稚園の頃からずっと、そういう感じです。人の輪の中心にいて、笑ってて……みんなが紗良のところに集まるというか」

「小学校でも？」

「はい」

「中学でも？」

「はい」

「その上、中学までは加西君と公認カップルだったんだもんな」

「……」

非の打ちどころがない充実っぷりだ。虎之介に事実上振られるまで、挫折らしい挫折を味わってこなかったのかもしれない。

それゆえに、それがあまりにもショックだった。思春期症候群を発症するほどに。そう考えると、筋は通っている気はする。だが、さすがに単純すぎるだろうか。

「話をまとめると、つまり、加西君が振ってから……」

「振ってはいません」

「事実上、振ってから、姫路さんが妙にモテるようになったのが心配……ってことでいいのかな？」

「はい。だから、気を付けてあげてほしいんです」

「でも、なんで僕に相談？」

咲太と虎之介に接点はなかった。こんな話を急に持ち出すには、何らかの理由が必要だろう。

「昨日、国見先輩にこのことを電話で相談したら、梓川先生に頼れって言ってくれて」

「国見は余計なことしか言わないからな」

「それと……梓川先生は、すごい彼女さんがいるので、今までの先生たちとは違うと思ったのが理由です」

「なるほどね……」

理解できるような気もするし、見当違いのような気もする。ただ、『桜島麻衣』と付き合っているのなら、うっかり紗良に惹かれるようなことはないだろうと、虎之介なりに考えた結果だということはよくわかる。

「梓川先生、よろしくお願いします」

改まって、虎之介が頭を下げる。

妙にモテる生徒のフォローなど、どう考えても咲太の領分ではない。バイトの塾講師が受け持つ問題でもないと思う。

「僕の担当教科は、数学なんだけどな」

それでも、真剣な虎之介を前にして、一応は年長者……しかも、『先生』と呼ばれてしまう以上、無視することもできなかった。

なにより、今、紗良は咲太の生徒だ。おまけに同じ夢を見た妙な関係。彼女が発症している思春期症候群を言い当てるという難しい宿題も出されている。すでに、気にかけていると言えば、十二分に気にかけていた。

あながち、虎之介から聞いた話は、紗良の思春期症候群と無関係ではないのかもしれない。考えてみる価値はあるような気がした。

「わかった。一応、気を付けるよ」

咲太がそう答えると、ようやく虎之介は頭を上げた。

「ありがとうございます」

どこかほっとした虎之介の表情に、咲太は年相応の幼さを感じた。同時に、そう感じている自分は、もう高校生ではないんだと実感した。

会計を済ませた咲太と虎之介がファミレスを出たのは午後五時半過ぎ。話し込んでいる間にすっかり日は暮れて、街には明かりが灯っていた。

このあと授業があるという虎之介と一緒に、咲太は塾が入る駅近くの商業ビルに向かっていた。

虎之介に声をかけられたことで、紗良の宿題について考える時間はなくなってしまった。その代わり、思わぬ形で紗良について知ることができた。

ふたりの話から察するに、紗良が告白せずに振られた相手というのが虎之介であることにまず間違いはないだろう。

その後、紗良はモテるようになった。

これが思春期症候群によるものなのかはわからない。これまでに、そんな思春期症候群に遭遇したことはない。時期を考えると、無関係ではないように思えるだけ。手がかりがなさ過ぎて、咲太がそう思いたいだけの可能性もある。

冷静に考えれば、関係ない可能性だって十分あるだろう。

虎之介との公認カップルが解消されたことで、紗良のことが気になっていた男子が一斉にそわそわしはじめた。それだけの話だと言われれば、それはそれですんなり納得できてしまう。

宿題の答えにはまだまだ遠い。ただ、完全な手ぶらではなくなったので、虎之介には感謝しかない。

「今日って、双葉の授業？」

横顔を引きつらせた虎之介に声をかける。ぎしぎしと音が聞こえてきそうなほどに、ファミレスを出てからの虎之介の動きは固かった。全身から緊張が滲み出している。

「はい。でも、双葉先生のことはもういいんです」

「なんで？」

「先週……夢を見たので」

「夢、ね……」

「双葉先生に振られる夢です。クリスマスイブに」

「なるほど」

ただの偶然とは思えなくなってきた。これでクリスマスイブに関する夢の話は三例目だ。咲太と紗良、朋絵から聞いた奈々の話、そして、虎之介までもがクリスマスイブの夢を見ている。

「今、『#夢見る』って流行ってますよね？」

「夢で双葉はなんて言ってた？」

「え？　それは……『生徒とは付き合えないから』って」

「だから、加西君は諦めるんだ」

「正直、どうしたらいいかわからないです。あんな夢を見ても、俺……ますます、先生のこと考えてて……いえ、最初から無理だって思ってはいて、その、なんて言えばいいか」

考えがまとまらない虎之介は、最終的に「すみません」と咲太に謝ってきた。

必死で、真っ直ぐで、不器用で、危なっかしい。ただし、実直さは恥ずかしいほどに伝わってきた。だからこそ、咲太は一言言いたくなった。

「僕だったら『じゃあ、第一志望受かったら、付き合ってください』って返すかな」

虎之介はまだ二年生。一年以上粘ることができる。

「……」

突然の助言に、虎之介はぽかんとしていた。何を言われたのか、まだわかっていない顔をしている。

「加西君が双葉のこと本気なら」

「は、はい。がんばります……！」

やっと理解が追い付いたのか、焦りと喜びが入り混じった妙なテンションの反応が返ってきた。

「双葉に文句言われたくないから、勉強もがんばってな」

「はい。もちろん！　あ、あの、梓川先生、ほんとに……」

お礼の言葉を続けようとしていた虎之介だったが、突然、大きな肩をびくっとさせた。その視線は咲太の背後に向けられている。そっちにあるのは駅だ。

「すみません。俺、先に行きます」

早口に言って、虎之介は逃げるように塾が入るビルに駆け込んでいく。

それから、少し遅れて、

「梓川？」

と、咲太は声をかけられた。

「よう、双葉」

駅の方からやってきたのは理央だった。

虎之介が逃げ出したのも納得だ。このあと、理央の授業を受けるはずなので、あんな調子で大丈夫なのか少し心配にはなるが……。

「今、加西君いなかった？」

頭ひとつ抜けて長身の虎之介は、はっきり言って目立つ。遠くからでも見間違えることはないだろう。

「幼馴染なんだってさ」

「誰が誰の？」

わからないという顔を理央がする。

「加西君が姫路さんの。それで、ちょっと話を聞いてた」

「そうだったんだ」

「そうだったんだよ」

「……梓川、余計なこと言ってないよね？」

その目はどういうわけか、すでに咲太を非難している。

「必要なことしか言ってない」

「たぶん、それが私の言った余計なことだよ」

理央はまだ文句を言い足りない顔をしていた。だが、再び理央が口を開く前に、割り込んでくる声があった。

「咲太せんせ」

明るく弾んだ声。

駅の方から走ってくるのは紗良だ。

何がそんなに楽しいのか、笑顔で咲太のもとまでやってきた。

「これ、見てください」

鞄に手を突っ込んだかと思うと、半分に折られた紙を取り出す。それを広げて咲太に見せつけてきた。

正解の丸で埋め尽くされた数学の答案用紙。バツはひとつもついていない。つまり、満点だ。

「まいったな。今日はみんなが間違えた問題の復習をしようと思ってたのに」

ノーミスの答案用紙を持ってこられたらやることがない。

「その前に、褒めてください」

「大変よくできました」

「先に行ってるね」

咲太に一声かけて、理央がビルの中に入っていく。

「僕も行くって」

咲太も、紗良も、行き先は理央と同じだ。

やってきたエレベーターに三人で乗り込む。理央がボタンの前。咲太がその後ろの角。紗良は咲太の隣にいる。

「……」

誰も何もしゃべらない。

「今日も寒いな」

「そうだね」

「そうですね」

「……」

再び、沈黙が訪れる。

よくよく考えたら、少し気まずい顔合わせだった。紗良は虎之介に事実上振られ、紗良を事実上振った虎之介は、理央のことが好きなのだから……。

咲太たちを乗せたエレベーターは、不思議な緊張感に包まれたまま塾があるフロアに到着した。

6

机の上には三枚の答案用紙が並んでいる。左から三十点、百点、四十五点。健人、紗良、樹里の順番だ。

「山田君は、三十点が好きだなぁ」

中間試験でも三十点の答案用紙を持ってきた。

「咲太先生、それ個人情報ろーえーだから」

健人はそれとなく点数を隣の紗良から隠そうとする。けれど、もう手遅れだ。ぱっと見で丸は殆どない。バツの花が咲き誇っているのは、紗良からもよく見えているはず。

「じゃあ、山田君と吉和さんが間違えた問題を中心に解説するよ。姫路さんは、おさらいだと思って聞いてて」

「はい」

困ったことに咲太の話を一番熱心に聞いているのは、満点を取ってきた紗良だった。

一通りの解説を終わらせると、咲太は同じ解き方ができる練習問題を三人に出した。全部で三問。

それを、紗良は十分とかからずに解いてしまう。「できました」と手を挙げた紗良のノートには、綺麗な字で数式が綴られている。全問正解。

紗良にだけ追加の問題を出して、咲太は健人と樹里の様子を窺った。健人は「んー」と唸りながら一問目とにらめっこをしている。樹里は二問目でぴたりと手が止まっていた。

「吉和さん、それはさっき解説したやつで解けるよ」

ホワイトボードに書いたまま残してある模範解答を指差す。

「こういうことですか？」

止まっていた樹里の手は動き出し、かわいらしい文字をノートに書いていく。

「そうそう、あとは……」

「咲太先生、俺のことも助けてよ」

「山田君はちょっと待ってな。吉和さんが終わったら」

「あの、私はあとでも」

樹里が一瞬だけ健人を気にする。

「もうちょっとだから、解いちゃって」

それに気づかないふりをして、咲太は樹里を促した。

「山田君、私が教えようか？」

隣の席から紗良が健人の手元を覗き込む。

「いや……」

反射的に、健人が身を引いた。

「嫌は、ショックなんだけど」

紗良が笑いながら、健人を咎める。

「いやってのは、嫌って意味じゃなくて」

「じゃあ、教えるね」

椅子を健人の方に寄せた紗良は、「この式を、こっちに入れて……」と解説をしながら、健人のノートに途中式を書いていく。

紗良と肩が密着した健人は、ぴくりとも動かない。硬直したまま、紗良が綴る数式をじっと目で追っている。そうやって、平静を必死に保とうとしていた。

それと同時に、咲太の目の前では樹里のシャーペンの動きも止まっていた。視線は問題に向いている。ノートの一点を見つめている。でも、樹里の意識はそこにはない。紗良と健人のやり取りに引き寄せられていた。

「わかった？」

紗良が下から健人の顔を覗き込む。

「わ、わかった」

ふわふわした健人の声。

「山田君、やってみて」

「えっと……この式を」

紗良に教えられた通り、健人が問題を解いていく。というか、紗良が書いた数式をなぞっている。当然のように、健人は無事答えにたどり着いた。

「こういうこと？」

「なんだ、山田君できるじゃん。もう一問やってみよ」

「これ、むずくない？」

「だから、この問題はね」

また紗良が健人のノートにシャーペンを走らせる。

「あ、そっか。じゃあ、これは？」

一問解いて余裕が出たのか、健人は自分からも紗良に質問をしたりしていた。

順調に問題を解いていく健人に反して、二問目で止まった樹里のペンは、なかなか動き出す気配を見せてくれない。

「えっと、吉和さん？」

「大丈夫です。自分で解けます。わかってます」

「うん、わかってるならいいんだ」

授業を通して、健人も樹里も、少しは自分で問題を解けるようになった。だが、それに反比例して、人間関係は複雑になってしまっている。こればかりは、咲太にはどうすることもできない。


「じゃあ、今日はここまで」

予定の八十分を迎えたところで、咲太は切りよく授業の終わりを告げた。

「咲太先生、お疲れ～」

真っ先に荷物を片付けた健人が元気よく席を立つ。

「山田君は、今日の復習をしとくんだぞ」

咲太が声をかけると、すでに出て行こうとしていた健人は、嫌なそうな顔で振り向いた。

「山田君、また来週、学校でね」

けれど、紗良にそう言って手を振られると、ぱっと明るい表情を見せる。健人が犬ならさぞ元気よく尻尾を振っていたことだろう。

「姫路さん、帰んないの？」

「この先の授業のことで、先生と相談あるから」

紗良がちらっと咲太を見る。

「そっか……」

もう少し紗良との会話を続けようと、健人は話題を探していた。けれど、丁度いい話題が見つかる前に、

「そこ、邪魔」

と、帰ろうとする樹里に言われてしまう。

「もう帰るし。邪魔じゃあねえし」

結局、健人は紗良には何も言えずに帰っていった。

そのあとで、樹里は咲太にぺこりとお辞儀をしてから出て行く。

そんなふたりを、紗良はどこか笑みを堪えるような顔をして見送っていた。

「あんまり、同級生をからかわないようにな」

ホワイトボードに書かれた数式を消していく。

「山田君のことですか？」

紗良は隣にやってきて、消すのを手伝ってくれる。

「吉和さんのことも」

咲太が出した名前に、紗良の手はコサインの手前で止まった。

代わりに咲太が、そのコサインを消す。

「咲太せんせって実は生徒想いなんですね」

「ふたりの成績が上がらないと、僕が困るんだよ」

最後まで残っていたタンジェントは紗良が消してくれた。これで、ホワイトボードはその名の通り真っ白だ。

「わかりました。咲太せんせに迷惑をかけたくないのでやめます」

紗良は素直に咲太の言葉を聞き入れてくれる。その様子に嘘はない。悪びれる様子もない。

だが、「やめる」と約束したことで、咲太の指摘をあっさり認めてしまっている。意図的な行為だったことを、紗良は白状したことになる。

虎之介が心配していた理由が、少しわかった気がした。

「でも、山田君の気持ちに関しては、私にはどうすることもできませんよ？」

「それは山田君がどうにかするからいいよ」

「吉和さんの気持ちについてもそうですけど」

「それは吉和さんがどうにかするからいいよ」

「咲太せんせって、実は生徒に冷たいんですね」

先ほどとは真逆の評価を、紗良は笑いながら言ってくる。

授業で使ったホワイトボード用のペンをまとめていくと、ボードの端に置かれた青いペンは紗良が取ってくれた。

「それはそうと咲太せんせ」

「ん？」

青いペンを受け取りながら聞き返す。

「私の宿題、ちゃんとやってきてくれましたか？」

隣のブースから、世界史を解説する講師の声が聞こえてくる。咲太と紗良の視線は、自然とそちらを向いた。

「外で話そうか。腹減ったし」

ここでは誰に聞かれるかわからない。

「あ、私、駅前にあるカフェの新作ドーナツ食べたかったんです」

「おごらないぞ」

「咲太せんせ、これをよく見てください」

そう言うと、紗良は満点の答案用紙に手を伸ばした。

「私、がんばりましたよね？」

丁度「100点」の部分を咲太に見せつけながら、紗良は勝利を確信した誇らしげな笑みを浮かべていた。

紗良には授業日報を付ける間の二十分ほど待ってもらい、それが終わってからふたりで一緒に塾を出た。

日が沈んだ藤沢駅前の街並みには、十二月の明かりが灯り、日中よりも華やいだ雰囲気に活気づいている。

気温はぐっと下がり、駅の方へと歩く咲太と紗良の吐く息を白く染めていた。

「咲太せんせは今年のクリスマス、どんな風に過ごすんですか？」

「夢の通りになるなら、姫路さんとデートをすることになるな」

「教え子に手を出すのは、よくないと思いますよ？」

冗談の口調で、紗良が注意してくる。

「でも、どうして私たち一緒にいたんでしょう？」

「どうしてだろうなぁ」

今のところ、手がかりは見つからない。

「姫路さんはどう思う？」

「咲太せんせの浮気なんだと思います」

「それが一番あり得るなー」

「心を込めてください」

笑いながら、駅前の立体歩道の階段を上がる。紗良が言っていたカフェは北口を出てすぐ……家電量販店の真向かいのビルの二階に入っている。

ガラス張りの店内には、勉強する高校生やノートPCを広げたサラリーマンの姿が見えた。

埋まっている席は半分。昼間は入れないほど混雑していることも多いが、夜の時間帯は少し落ち着いているようだ。

これなら、紗良とゆっくり話ができる。


店に入ると、「いらっしゃいませ」と店員の明るい声が出迎えてくれた。

「席、取っといて」

そう紗良に頼んで、咲太は奥のレジでホットのカフェラテとキャラメルラテ、クリスマスシーズン限定の新作ドーナツを注文した。ＩＣカードで会計を済ませて、隣のカウンターでトレイを受け取る。

テーブルを振り返ると、そこにいるはずの紗良の姿が見当たらなかった。バッグとコートだけが外に面した窓際の席に置いてある。肝心の紗良はというと、もっと手前のテーブルの脇に立っていた。

席に座っているのは、峰ヶ原高校の制服を着た男子と女子。笑顔で話す紗良に、ふたりとも楽しそうに応じている。ただ、どこか焦りというか、戸惑いというか、作り笑いのような感情が、男子からも女子からも感じられた。それは気のせいだろうか。

咲太が先にテーブルに着くと、それに気づいた紗良が跳ねるような足取りで戻ってくる。両手で丁寧に椅子を引いて、真っ直ぐ咲太の方を向いてちょこんと座った。その目は、雪化粧を施したようなドーナツに釘付けだ。

「ごちそうさまです」

「山田君には内緒な」

ばれたら、自分にも奢ってくれと言われるに決まっている。

「百点取れば奢ってもらえるって教えておきます」

それでやる気が出ればいいが、健人の場合はあっさり諦めそうな気がする。

「あ、でも、山田君は『じゃあ、いい』って諦めるかもしれませんね」

同じことを紗良も思ったようだ。

笑いながら紗良がポケットに手を伸ばす。スマホを引っ張り出してはじめたのは、写真撮影だ。被写体はドーナツとキャラメルラテ。「かわいい」と言いながら、パシャパシャとシャッターを切る。

「あのふたりは知り合い？」

咲太がちらっと視線を向けると、峰ヶ原高校の制服を着たふたりも咲太を見ていた。

「彼女はクラスの友達で……」

と、まずは女子の方を紗良が見る。

「一緒にいるのは、体育祭実行委員でお世話になった二年の先輩です」

続けて、手前に座る男子に目を向けた。

ふたりと視線が絡むと、紗良は小さく手を振っていた。向こうも振り返してくる。そのあとで、男子の方がトレイを持って席を立つ。どうやら、帰るようだ。

使ったカップを片付けて……店を出て行くときには、再び紗良が友達の女子と手を振り合う。

それは、店を出たふたりの姿が見えなくなるまで続いた。

その間、男子の方が反応に困っていたのは、恐らく気のせいではない。早くこの場を去りたいという空気を感じた。単純に女子同士のテンションについていけないというのもあっただろう。だが、恐らくはそれ以外にも理由はある。

「姫路さん、さっきの男子と何かあった？」

カフェラテを一口飲んでから、そう尋ねる。

「咲太せんせって、鋭いですよね」

フォークで一口サイズに切ったドーナツを紗良が口に入れる。「美味しい」と言って、大げさに喜んだあとで、

「二ヵ月前に、付き合ってほしいって言われました」

と、あっさり教えてくれた。

「なんて返事したんだ？」

先ほどの様子から結果はだいたいわかる。少なくともイエスではない。

「今は、お付き合いできませんとお断りしました」

「今は、ね」

「仕方ないじゃないですか。まだ、あの先輩のことよく知らなかったんですから」

「それも、彼に言ったのか？」

「はい」

だから、あんなに居心地が悪そうだったのだ。そんな風に言われたら、まだチャンスはあると勘違いするだろう。未来には可能性が残っていると思い込んでしまうだろう。

「友達は、姫路さんが告白されたこと知ってるのか？」

「話してはいないですけど、知っていると思います。女子ってそういうのわかるんですよね」

それを自覚した上で、気にせずに話しかけられるのだから大した度胸だ。

「あ、でも、あのふたりはまだ付き合ってはいないそうです。だから、そのときは教えてねって話してたんです。私だったら、友達が振った男子なんかと、絶対付き合いたくないですけど」

「だったら、そっとしておいてあげればよかったんじゃないか？」

「でも、さすがに二ヵ月は酷くないですか？」

その一言で、紗良は自分の行動を正当化する。

「姫路さんに振り向いてもらえる見込みがないなら、さっさと次に行った方が彼のためだとは思う」

「告白までしてきて、そんな簡単に割り切れるんですか？」

信じられないという顔だ。

「僕は結構引き摺るタイプだけど」

「咲太せんせって、嘘みたいな顔して、本当のこと言いますよね」

「じゃあ、姫路さんはまだ加西君のこと好きなのか？」

突然の質問に、紗良が目を見開く。ぱちくりと瞬きを二回。そのわずかな時間で事情を察したのか、

「さては、虎ちゃん、じゃなくて……加西先輩から何か聞きましたね？」

と、困った顔で鋭い推理を披露した。これには咲太も少し驚いた。

「幼馴染なんだってね。心配してたよ」

「それは、事実上、私を振った罪悪感からですか？」

笑いながら紗良が確認の言葉を口にする。

「そんな感じかな」

「私は加西先輩の方が心配ですけどね。双葉先生みたいな難しい人を好きになって。絶対に振られますよ」

「加西君って結構モテそうだけどな」

生真面目な印象は強いが、さわやかなバスケットマンだ。

「いいやつそうだし」

咲太の実感としてはまだ表面的な感想に過ぎない。だが、前に佑真が虎之介に対して「いいやつ」だと言っていた。虎之介が佑真の言葉を信じて、今日、咲太に相談してきたように、咲太も佑真の言葉を信用している。「いいやつ」の佑真が、「いいやつ」と言うのなら間違いないだろう。

「すごくいい人ですよ。事実上、振った私のことまで心配してくれるんですから」

わざとらしく拗ねた顔で紗良が皮肉を言う。素直に「いい人」と認めたくない感情が、そこには含まれていた。事実上、紗良を振っているので、虎之介はこれくらいの皮肉を言われても仕方がない。

思い出を冗談にできる紗良の様子から、虎之介への未練は微塵も感じられなかった。だから、今、この瞬間の紗良の気持ちは、わざわざ聞かなくてもわかるような気がした。

「加西先輩の好きな人が私じゃないってわかったときは、大嫌いになりましたけど」

照れ隠しの上手な苦笑い。

「聞いてるかもしれませんけど……中学までは、私と加西先輩って公認カップルみたいな感じだったんです」

「らしいね」

「加西先輩を好きな女子も結構いるのに、隣にいていいのは私だけって雰囲気で。ちょっと誇らしかったと言うか、悪い気はしてなかったです。それなのに、私が高校に入ったら……」

「加西君は、他に好きな人ができてたわけか」

そのことを虎之介は、はじめて恋愛感情に気づいたと話していた。

「ほんとすごいショックでした。加西先輩は私のことを好きなんだと思ってましたし、周りのみんなも『お似合いだね』って言ってくれてたのに……それが全部勘違いだったんです。何も信じられなくなりました。自分が思ってることも。みんなが言っていることも。今まで見ていた世界は、全部間違いだったのかもしれないって思えて……それに、気づいたときは、本当にこわかったんです。そんな私をみんなが笑ってるんじゃないかと思うと、外に出るのも不安でした」

「それが前に言ってたゴールデンウィークの頃か」

「はい」

「でも、思春期症候群になって、その不安は全部解消したわけだ」

少なくとも、紗良は前にそう言っていた。

「そうです」

「姫路さんが最近モテるらしいのも、そのおかげとか？」

「咲太せんせ、本当にちゃんと宿題やってきてくれたんですね」

「僕って意外と生徒想いだからな」

「でも、不正解です。私の思春期症候群は、モテるではありません。正直、自分でも最近モテてるなぁとは思ってますけど」

「だから、姫路さんは今が楽しいわけか」

答えは聞かなくてもわかる。紗良の生き生きとした表情がすべてを物語っている。

「ここで、『はい』って答えるの性格悪くないですか？」

「僕は、いい性格してると思うよ」

「それ、褒めてないやつですよね？」

こんな会話ですら、紗良はやはり楽しそうだった。ひとつの楽しいことが、全部を楽しくしてくれている。今の紗良からはそういうプラスの連鎖が生み出す幸せな空気を感じた。

「今ので、よくわかりました。咲太せんせは私がモテるのに反対なんだってことが」

「別に反対はしてないよ。ただ、そうだな。この先、何人に告白されても、何十人に言い寄られても、何百人にちやほやされても……姫路さんが本当にほしいものは手に入らないんじゃないかな」

「……どういう意味ですか？」

それまではきはきとしゃべっていた紗良がわからないという顔をする。

「私、今、すごい幸せです。別にほしいものなんてありません」

真っ直ぐ咲太を見つめる瞳は、咲太に答えを要求している。

紗良は先ほどから一番大事なことを語っていない。虎之介の気持ちや、周りの友達が言っていたことはたくさん語っているのに、紗良自身の感情の話がすっぽり抜け落ちている。咲太の最初の質問にも、答えているようで答えていない。

今も虎之介のことが好きなのか。

紗良はイエスともノーとも口にしていなかった。

「僕はたくさんの人からモテることより、もっと幸せなことがあると思ってる」

「それはなんですか？」

「そうだな、たとえばだけど……」

ゆっくり口にしながら、咲太は麻衣のことを思い浮かべた。

側にいてくれるだけでうれしい人。

笑ってくれるともっとうれしい大切な人。

これからもずっと一緒にいたい人。

そういう麻衣の存在を想いながら、

「僕にとって一番幸せなのは……僕が一番好きになった人が、僕を一番好きになってくれることかな」

と、咲太は自らの考えを静かに告げた。

色々あった今だからこそ言える言葉。言えるようになった言葉。その想いに嘘も偽りもない。

照れや気負いもない。ただ、純粋にそう思える。

「まあ、それさえあれば、最悪、他には何もいらない」

「……」

紗良は瞬きを忘れたような顔で、咲太をじっと見ていた。そこに、先ほどまでの笑顔はない。はじめて聞く言葉に、どう反応すればいいかわからないという表情をしていた。

「もう一度だけ聞くけど、姫路さんはまだ加西君のことが好きなのか？」

「……」

紗良は答えなかった。たぶん、答えられなかったのだ。

そんな予感が咲太にはあった。最初に、紗良が「振られた」と話してくれたときから、違和感としてずっと心に引っかかっていた。

あの日も、今日も……紗良は一言も言わなかった。

悲しかったとも。

苦しかったとも。

何度も泣いたとも……。

言わなかったのだ。

唯一、語った紗良自身の感情は「ショックだった」だけ。その理由も、虎之介の気持ちが違っていたから。みんなの言葉が間違っていたから。それを信じて裏切られたから。

「そもそもの話、姫路(ひめじ)さんは加西(かさい)君のことが好きだったのか？」

「私も、加西(かさい)先輩と同じだって言いたいんですか？」

「そういう風に、見えなくもないと思ってる」

お似合いだとみんなに言われ続けて、そう思い込んでいただけ。

「……だったら、教えてください」

短い沈黙のあとで、紗良(さら)は意を決したように口を開いた。

咲太(さくた)を見上げたその瞳は挑戦的だ。挑発的だった。

「どうすれば、咲太(さくた)せんせみたいに人を好きになれますか？」

それこそが、咲太(さくた)の問いかけに対して、紗良(さら)が導き出した正しい答えだった。

第三章　I need you

1

「ふーん、それで咲太はその子に恋愛を手取り足取り教えることになったんだ」

麻衣が手にしたフォークがサラダに突き刺さる。シャキッと新鮮な音がした。

「言われただけです。約束はしてないです。手も足も取らないです」

週明けの月曜日。十二月十二日。

混雑のピークを過ぎた学食内は、空席もちらほら目立ちはじめ、落ち着きを取り戻しつつある。咲太と麻衣が向かい合わせに座るテーブルも、両隣は空いていた。だから、気にせずにこんな話をすることができる。

「咲太、その子の思春期症候群が何なのかを考えているんじゃなかったっけ？　私のために」

退屈そうな顔で言って、麻衣はサラダを口に運んだ。

「そうですよ。麻衣さんが危ないから」

「それがどうしてそうなるのよ」

麻衣の口元からフォークが離れていく。その銀色の矛先が、咲太を狙っているのは気のせいだろうか。どう楽観的に見ても、気のせいではない。

「うわー、麻衣さんが危ない」

理央からの忠告が、冗談では済まなくなりそうだ。これは早急に手を打つ必要がある。だが、麻衣を納得させる言葉はすぐに出てこない。

そんな咲太の危機に、タイミングよく救いの声が届いた。

「ここ、いいですか？」

テーブルにやってきたのは美織だ。

「好きなだけ座ってくれ」

「え？　いいの？」

美織から聞いてきたはずなのに、なぜか驚きを返してくる。

「いつもの梓川君なら『邪魔だから遠慮してくれ』とか言うくせに」

「今日の僕は機嫌がいいんだ」

大嘘を吐いて美織を視線で促した。

「では、お言葉に甘えて」

美織は咲太と麻衣を見比べてから、咲太の隣に座る。

「……」

「麻衣さんをじっくり眺めたいからです」

咲太の無言の疑問を察した美織がそう教えてくれた。

「なんだか楽しそうな雰囲気でしたが、何を話してたんですか？」

大ボリュームのカツカレーを口に運びながら、美織がそんなことを聞いてくる。その目は麻衣が手にしたきらりと光るフォークを見ていた。ふたりの不穏な空気を「楽しい」と表現するあたりは実に美織らしい。

「まあ、人を好きになることについてかな」

「哲学的だね」

関心を示すような美織の声。

「そうか？　野性的だろ」

それに、咲太は真逆の反応をした。

「でも、なんで、急にそんな話？」

「咲太が塾のかわいい教え子から聞かれたんだって」

「女の子？」

わざわざこの確認は必要なのだろうか。

「女子生徒だな」

「うわー」

わざとらしく作った嫌悪の視線を美織が向けてくる。変態エロ塾講師を見る目だ。けれど、ふざけたのは一瞬だけで、

「まー、でも、わたし、ちょっとわかるなぁ」

と、美織はすぐに話を戻した。

「好きってなんだろうって時々思う」

美織がスプーンに載せたカツは、一口で体の中に消えていく。食欲をそそる衣のサクサクした音が隣に座る咲太にはよく聞こえた。

「美東、カツカレー好きか？」

「好きだよ」

そう言って、美織は再びカツとカレーを口いっぱいに頬張った。

「じゃあ、それが好きって気持ちだよ」

咲太が丁寧に教えてあげると、美織はむっとした顔になる。その目は文句があると語っているが、まだ口の中はカツとカレーでいっぱいなのでしゃべれない。

もぐもぐと咀嚼したあとで、美織はごくんと飲み込んだ。コップの水をぐいっと一口。ようやく口を開いたかと思うと、

「麻衣さんは、梓川君のどこが好きなの？」

と、咲太ではなく、麻衣に話しかけた。

「美東、いい質問だな」

期待を寄せて麻衣を見る。

　恐らく、美織は麻衣を使って咲太に反撃しようという魂胆だ。麻衣に咲太を叱ってもらおうと考えているに違いない。だが、その選択は誤りだ。美織の質問に麻衣がちゃんと応えようが、咲太を叱ってこようが、咲太にとってはどちらもご褒美になる。

　ふたりの視線が麻衣を見据える。

「私を大好きなところ」

「……」

　カレーを口に運ぶ美織の手が止まる。まさかそんなちゃんとした返事があるとは思っていなかったのだろう。スプーンは宙に浮いたままだ。

「なんか、真理」

　スプーンをカレーのルーにダイブさせると、美織は心の声が漏れ出したように呟いた。本来の目的を忘れて、麻衣の言葉に感銘を受けている。「なるほど、そっかー」と、ひとりでぶつぶつ言っていた。

「美東、麻衣さんのどこが好きなのか、僕には聞かないのか？」

「それは聞かなくてもわかるからいい」

　そこで、テーブルの上に置かれた麻衣のスマホが震えた。手に取った麻衣が電話に出る。

「はい。大丈夫です。はい。今行きます」

　すぐに電話を切ってスマホを鞄にしまう。

「涼子さんが迎えに来たから、もう行くわね」

「麻衣さん、今からお仕事？」

質問したのは美織だ。咲太は事前にそう聞いている。透明感を売りにした化粧水のＣＭだとか。麻衣のイメージにぴったりだ。

「そ。じゃあ、またね」

美織に笑顔で応じた麻衣がすっと立ち上がる。

「食器、僕が戻しとくよ」

「ありがと。それじゃあ、お願い」

鞄を肩にかけた麻衣は、指輪をした右手を腰の辺りで「ばいばい」と小さく振って、学食を出て行った。


仕事に向かう麻衣を見送ったあと、学生も少なくなった学食で、咲太はお茶一杯分だけくつろいで過ごした。その間、先ほど話題にしていた塾の教え子……紗良についてもう少しだけ美織に話した。もちろん、思春期症候群のことは割愛して。

だいたい説明が済んだところで、咲太たちは三限の授業に間に合うように学食を出た。百メートルほど離れた場所にある本校舎を目指して歩き出す。

「でも、その子すごいよね」

「ん？」

「梓川君の教え子」

「男子を転がしてるところが？」

「どっちかというと、女子からの嫉妬を楽しんでるところかな」

「美東は楽しんでないのか？」

咲太から見て、美織は明らかにモテる。一緒にいると、男子学生の視線をちらほら感じる。そうした雰囲気は周囲の女子にも当然のように伝わり、あまりにも簡単に嫉妬の感情へと発展するのだ。

実際、美織と出会った基礎ゼミの懇親会では、友達が「いいな」と思っている男子学生から美織は好意の視線を向けられていた。連絡先を交換する機会を待たれていた。それをかわすために、咲太のテーブルにひとりで逃げてきたくらいだ。

そうしたところで、友達から向けられる微妙な感情は、しばらく残ったままだったのではないだろうか。もしかしたら、今も残り続けているのかもしれない。

「私は無理だな。私にムカついてるくせに、私には勝てないって勝手に負けを認めてさぁ。でも、私の側にいる方が得だから、離れていかない人は『面倒くさいわー』って思っちゃう」

口調はほんわかしているのに、言っていることは案外辛辣だ。これが嫌味に聞こえないのが、美織のすごいところだと思う。美織ならそうだよな、と納得できてしまう。

「ま、優越感がまったくないわけじゃないですけど」

最後に、全部笑い話にするように、美織はそう付け足してくる。

「なるほど、優越感ね」

必ずしも悪いものではないと思う。自信と隣り合わせの感情だ。

「姫路さんの場合、その優越感が他の感情に勝ってるのかもな」

「それだけ自分のことが好きなんだろうね。他人のことなんかよりもずっと」

「……」

美織にとっては、何気ない言葉だったのかもしれない。そういう口調だった。だが、その言葉を聞いて、咲太は霧が晴れたような気分になった。一瞬で。

今の一言は、紗良の胸の内を的確に捉えている気がした。

前に朋絵が言ってた。

中学時代からイケていたであろう紗良のことが少し苦手だと。あれは、「高校入学を切っ掛けに努力して変わった自分とは違う」という劣等感から出た言葉だった。自分はニセモノで、あっちが本物とでも言いたかったのかもしれない。

紗良の明るさには嫌味がない。

人懐っこさにも邪気がない。

健人をからかう様子にも、悪意というものを感じなかった。感じさせなかった。事実、感じていないのだと思う。

紗良は他人の好意を受け取ることに慣れている。

誰よりも自然体でやっている。

そうした仕草や言動は、紗良の体の一部になっている。

無理がまったくない。

背伸びをしていない。

それは、いつも人の輪の中心にいて、それを当たり前として生きてきたから身に付いた所作のようなものなのではないだろうか。

虎之介の話によれば、紗良は、幼稚園でも、小学校でも、中学校でも、みんなから羨ましがられる立場にいたことになる。それが紗良にとっての日常であり、普通の毎日だった。周囲から特別視されることが、紗良には当たり前のことだったのだろう。そのことに疑問を抱かないほどに、いつもみんなの中心にいた。

だが、クラスの中で誰よりも充実し、集団の中で常に恵まれた扱いを受けていたことで、紗良は気づきもしないうちに大きな落とし穴にはまってしまったのかもしれない。

紗良にとっての好意とは人から向けられるもの。

人から与えられて、受け止めるだけでいいもの。

嫉妬はあるべくしてあるもの。むしろ、自分に自信を持たせてくれる刺激的なものくらいに思っているのではないだろうか。

そして、そうした環境の中に居続けた紗良は、誰かを好きになるよりも、誰かに好かれる自分を一番好きになってしまった。

美織の言葉は、端的にそれを言い表していた。

「さすが、モテる美東は言うことが違うな」

「私は違いがわかる女ですから」

誇らしげに美織が胸を張る。

「ついでと言ったらなんだけど、美東はどうしたらいいと思う？」

「梓川君のかわいい教え子のこと？」

からかうように、わざわざ『かわいい』を強調してくる。

「そのかわいい教え子のこと」

この程度で怯む咲太ではない。実際、紗良はかわいいので事実しか言っていない。

「その子が言ってた通り、梓川君みたいに人を好きになれるようにしてあげればいいんじゃない？」

「どうやって？」

「梓川君に惚れさせてしまえばいいと思う」

言い終えたところで、美織は我慢ができずに吹き出した。

「それは名案だな」

心底嫌そうに咲太が答える。それは美織にとって、狙い通りの反応だったはず。

「麻衣さんには内緒にしておいてあげる」

その証拠に、ますます美織は楽しげだ。

「そりゃ、どうも」

「あ、でも、梓川君も気を付けてね」

美織が横目を向けてくる。

「気を付けるって、何に？」

「それはもちろん、ミイラ取りがミイラにならないように。っていうか、三人目のエロ塾講師にならないように？」

言っている途中から、美織は自分の言葉にひとりで笑い出していた。

「僕は麻衣さん一筋だ」

「本当かなぁ？　今日、梓川君からは、そのかわいい教え子ちゃんの話しか聞いてませんけど？」

「……」

鋭いところを突いてくる。

「それって、教え子ちゃんの思う壺なんじゃないですか？　梓川先生」

本当に鋭いところを突いてくる。

いつの間にか、咲太の体にもミイラの包帯が巻き付いていたのかもしれない。今、気が付かなければ、このままぐるぐる巻きにされていたかもしれない。それを想像すると、苦笑いしか出てこなかった。

「気を付けるよ」

美織から最高のアドバイスをもらえたところで、咲太たちは本校舎に到着した。そろそろ、三限の授業がはじまる時間だ。

2

二日後の水曜日。十二月十四日。大学で四限まで授業を受けた咲太は、拓海からの合コンの誘いを断って、真っ直ぐ藤沢駅に戻ってきた。

その足は住んでいるマンションには向かず、家と逆方向にある塾へと向かった。

塾に着いたのは、五時半過ぎ。荷物を置いて着替えを済ませると、咲太は職員室で早速今日の授業の準備に取り掛かった。

健人と樹里のために、前回のおさらいとなる問題を用意する。

紗良のためには、大学入試レベルの問題を幾つか見繕った。まずは共通テストに出題されそうな難易度のもの。難関大学の入試過去問からも課題を選んでいると、何やら視線を感じた。

顔を上げる。教員室とフリースペースの境界線となっているカウンターの前には、こちらを見ている樹里がいた。

「あの、梓川先生」

目が合ったところで、向こうから声をかけてきた。咲太が問題選びに夢中になっていたので、声をかけるタイミングを見計らっていたようだ。

「吉和さん、どうかした？」

樹里が声をかけてくるのは珍しい。立ち上がって、カウンターの前に行く。

「今週土曜日の授業なんですが、日にちをずらしてもらえませんか？」

「いいけど？」

何か予定でもあるのだろうか。

「ビーチバレーの大会があるんです。言うのを忘れてました。すみません」

「こんな季節にもやるんだな」

ビーチバレーと言えば、照りつける真夏の太陽。白い砂浜。小麦色の肌に、カラフルな水着というのが咲太の勝手なイメージだ。

「元々は九月にやる予定だった大会が、台風のせいで延期になったんです」

「もう十二月なのに？」

「沖縄の遠征なので」

「向こうってそんなにあったかいんだな」

そう言えば、少し前に翔子が送ってきた手紙に入っていた写真は、どこからどう見てもまだ夏の装いだった。

「さすがに今の季節は、殆どの選手がウェアを着ると思います」

「ウェアなんてあるんだな」

知らない情報が次々に出てくる。完全に夏限定のスポーツだと思っていた。

「とにかく、わかったよ。大会、がんばってな」

「はい。ありがとうございます」

「授業の振り替えはいつがいい？」

壁に貼られたカレンダーを見る。

「二十三日は先生の予定どうですか？」

「いいよ。じゃあ、二十三日で」

「はい」

話すべきことを話して会話が途切れる。

「……」

それでも、樹里は無言のままカウンターから離れようとしなかった。

「まだ何かある？」

咲太がそう促すと、樹里は肩をぴくっと動かした。

「……その、知り合いの話なんですけど」

声を小さくした樹里の目は、カウンターの模様を落ち着きなく追っている。見ようとして見ているわけではない。恐らく、本人も模様を見ているつもりはないはずだ。樹里の意識は、視覚とは別の場所に集中していたから。

「なるほど。知り合い、ね」

「私、その人が振られる夢を見たんです。好きな人に告白をして……」

「最近、『#夢見る』って流行ってるもんな」

「はい。それで……こういうとき、どうすればいいと思いますか？」

「それって、山田君と姫路さんの話？」

「っ⁉」

否定も、肯定もない。純粋な驚きが樹里の表情を支配する。びっくりしすぎて、言葉にならない。「なんで⁉」という悲鳴だけが顔から飛び出していた。

「ま、山田君はわかりやすいしね」

「……」

それに、樹里は「はい」とも「いいえ」とも言わなかった。ただ、困ったような、少し怒ったような顔をしている。気持ちを落ち着かせようとしているだけかもしれない。

「でも、吉和さんにとってはいいことなんじゃないか？」

「……いいはずないじゃないですか。あんな嫌な子に、好きな人が遊ばれてるんですよ」

樹里の瞳は声以上に揺らいでいた。悔しさと、苛立ちに震えている。

「そんなにむかついてるなら、吉和さんが山田君を振り向かせたらいいと思うけど」

「無理です」

きっぱりと樹里が可能性を切り捨てる。光が差し込む隙間は、一ミリたりとも空いていない完璧な拒絶だった。

「私が姫路さんに勝てるわけありません……」

続けて絞り出された声は、殆ど聞き取れないほどに小さかった。樹里の視線はカウンターに落ちている。いや、もっと下。どん底の足元まで落ちている。

紗良が男子から人気があるのはわかる。

だが、樹里が思っているほど勝ち目がないとは、咲太には思えない。少なくとも、樹里がそこまで悲観的になる必要はないように思う。

「怒らないで聞いてほしいんだけどさ」

「……なんですか？」

わずかに視線を上げた樹里の声は、すでにどこか不機嫌だ。別に咲太に対して怒っているわけではないだろう。嫌な話をして、気持ちが沈んでいるだけ。

だけど、きちんと咲太に視線を合わせた樹里の瞳には、わずかな期待が混ざっているように感じた。カウンターの縁をぎゅっと摑んだ両手は、咲太の言葉を緊張しながら待っている。

「山田君なら、水着の日焼け跡でもちらつかせれば、いちころだと思う」

「……」

すぐに反応はない。

何を言われたのか、まだ理解できていないのかもしれない。表情を変えずに瞬きだけを樹里が何度も繰り返す。

やがて、理解に達したのか、樹里の視線が左右に揺れた。

「……本当ですか？」

怒られるのを覚悟していた咲太だったが、樹里の最初の言葉はか細い声での確認だった。少し斜めに咲太を見てくる。その眼差しには、確かな希望の光が込められている。

これは、アドバイスを間違えたかもしれない。

「僕は本気でそう思ってる」

だが、今さらあとには引けない。嘘を吐いたつもりもない。だったら、このまま突き進むのみだ。

「……」

再び樹里が沈黙する。何か考えている顔だ。それについて、一応詳しく聞いておきたいところだったが、その時間は与えてもらえなかった。

「こんちわーっす」

元気だけどやる気のない挨拶とともにやってきたのは、話題の中心人物。健人だ。

「あ、咲太先生、ちわー」

その健人に、樹里はまったく視線を向けない。背中を向けている。健人から見えない樹里の顔は、真っ赤になっていた。

「揃ったみたいだから、授業はじめるか」

「あれ？　姫路さんはもう教室？」

何も知らない健人が、能天気にその名前を口にする。鞄を抱き締める樹里の両腕に、力がこもるのも仕方がなかった。

「姫路さんは、今日から別メニュー。時間も後ろにずらすことになった」

「へ、へぇ」

関心なさそうに、健人がポケットに手を突っ込む。

「すぐに行くから、教室で待っててくれ」

「咲太先生、今日、なにすんの？」

「まずは前回のおさらい」

「もうサイン、コサインはいいよぉ」

「タンジェントもあるぞ」

「まじうぜぇ」

心底嫌そうな声を出しながら、健人が教室に入っていく。その背中を、樹里は見えなくなるまで睨み付けていた。


午後六時にはじまった八十分間の授業は、予定通り七時二十分に区切りがついた。

「山田君、よくできました。今日はここまで」

「やっと終わったー。塾の授業長すぎるって」

高校の授業と比べたら確かに長い。気分的には二倍くらいに感じるだろう。

「大学行ったら、九十分あるからな」

「俺、絶対に大学行かないわ。今、決めた。行かないね」

脱力した健人が机に突っ伏す。

「あ、そうだ。山田君」

「なに？」

健人が首だけで上を向く。

「次の土曜だけど、来週の二十三日に振り替えてもいいか？」

「お、まじ？　土曜休みでいいの？」

「振り替えな」

授業回数が減るわけではない。それでも、目先の休日に健人は大喜びだ。

「でも、なんで？」

「吉和さんが沖縄で試合があるんだって」

「へえ、それって全国？」

シャーペンをしまっていた樹里に、健人が突然話しかける。

「そうだけど」

「一年なのにすげえな」

「別に普通」

「いや、普通じゃねえからがんばれよ」

「……」

急に「がんばれ」と言われた樹里は真顔で硬直する。そのあとで、

「うん、がんばる」

と、思わず素直に答えてしまう。それを失敗と思ったのか、言ってすぐに樹里の視線は落ち着きをなくして上下左右を彷徨った。目が回りそうなほどに右往左往していた。幸い、机に突っ伏した健人の目に、樹里の様子は映っていない。それでも、樹里は「失礼します」と早口に

言って、ひとりだけ先に教室から出て行く。コートも羽織らず、鞄と一緒に手に持って……文字通り逃げ出していった。

教室には咲太と健人だけが取り残される。その健人は、机に突っ伏したまま、帰ろうとする気配がない。

「山田君は帰らないのか？」

いつもなら、真っ先に教室を出て行くのが健人だ。一秒でも早く塾から出て行きたいのだと思っていたが、今日は様子が違っている。

「あのさ、先生」

「なんだ？」

「姫路さんって、付き合ってる人いんのかな？」

「クラスメイトの山田君の方が、その辺詳しいんじゃないか？」

「いないっぽいんだけど……」

「だけど？」

「好きな人はいんのかな？」

「僕じゃなくて、姫路さんに聞けばいいだろ？」

「聞けねえから、咲太先生に聞いてんじゃん！　先生、聞いてくんない？」

「やだよ」

「お願い！」

机に体を預けたまま、両手を合わせて健人が拝んでくる。

すると、その直後に教室に入ってくる人影があった。

「あ、まだ授業してました？」

そう言って現れたのは当事者の紗良だ。

その目が、拝む健人と拝まれる咲太を見比べる。

「授業中じゃ、ないですよね？」

笑いながら、確認するように聞いてくる。

「山田君が姫路さんに聞きたいことがあるんだって」

「ちょっ！　咲太先生⁉」

慌てて健人が飛び起きる。勢いがつきすぎて、椅子から立ち上がっていた。

「山田君、なに？」

「た、たいしたことじゃないから」

「なら、聞いてよ。気になるから」

言葉を逆手に取られて、一瞬で健人が追い詰められる。

「えーっと、それは……もうすぐ、クリスマスじゃん？」

「うん」

健人の話は随分遠いところからはじまった。きちんとゴールまでたどり着く算段はあるのだろうか。ないような気がする。

「最近、学校でも付き合ってる連中増えてきたしさ」

「ちょっと焦るよね」

「姫路さんは、付き合ってる人いないのかなぁ？　って、咲太先生と話してたんだよ」

強引な舵取りをしてゴールイン……したかと思えば、絶妙なタイミングで咲太を巻き込んできた。恐らく、話をしている間、じっと自分を見つめてくる紗良の視線に耐え切れなかったのだ。

巻き込まれた咲太としては迷惑だったが、健人しては健闘した方だろう。

だが、健人は大きなミスを犯した。こんなことを聞けば、紗良から強烈なカウンターが飛んでくるに決まっている。

「どうして、山田君はそんなことが気になるの？」

「え？　どうしてって」

もはや紗良と向き合うのを健人は諦めている。咲太を見る健人の弱々しい瞳は、「ヘルプミー」と叫んでいた。

仕方がないので、一度だけのつもりで咲太は助け舟を出すことにした。

「姫路さんに恋人がいたんじゃや、クリスマスの二日間は授業入れられないと思ってさ」

「クリスマスに授業をしたくないのは、咲太せんせの方ですよね？」

狙い通り、紗良の矛先は咲太に向いた。

「そうだな。絶対に入れたくないな」

「先生、俺らと恋人、どっちが大事なんだよ」

「そりゃあ、恋人だろ」

「それ、思ってても言わないでください。しかも、そんな真顔で」

咲太が真面目に答えると、怒ったふりをした紗良が笑いながら咎めてくる。

「そうだぜ、先生」

咲太を悪者にして、健人は先ほどの話題から離れようと必死だ。自然な素振りでコートを着て、帰る準備を密かに整えている。いつか、健人にはこの貸しを返してほしいものだ。

「じゃあ、俺、帰る」

健人は咲太と紗良にそう告げて、教室を出て行こうとする。

「あ、山田君」

その健人を紗良が呼び止めた。

「え、なに？」

はっきり名前を呼ばれては、健人も振り返るしかない。その表情は引きつっている。

「私、付き合っている人はいないけど、気になってる人ならいるかな」

「……」

振り向いたままの格好で、健人がぽかんと口を開けた。何か言おうと、開けたり、閉めたりしていたが、出てくるのは変な呻き声だけ。人間の言葉は出てこない。

「それだけ。ばいばい」

紗良に手を振られた健人は、反射的に片手をあげて応じると「ああ、うん」と意味があるような、ないような言葉だけを発して、幽霊のような足取りで教室を出て行った。

教室には、咲太と紗良だけが残される。

その紗良は、何事もなかったように席に着いた。鞄からペンケースとノートを取り出してから、咲太の視線に応じるように顔を上げた。

「今のは、そういう話題を振った咲太せんせが悪いと思います」

「別に責めてないよ」

「でも、『またやった』って顔で見てました」

「たいしたもんだと思って、感心してたんだ」

「それ、ある意味で、ですよね？」

「いろんな意味で」

「じゃあ、どうすればよかったのか、今日の授業で咲太せんせが教えてください」

「じゃあ、まずはこれを解いてみて」

咲太は机の上に二枚の問題用紙を置いた。

「一枚目は、共通テストくらいのレベルの問題。二枚目は難関大学の過去問ね。全部、二次関数の問題だから」

「これを解けば、咲太せんせみたいに、人を好きになれるんですか？」

「姫路さんの今の学力がわかるよ。時間は四十分」

タイマーの数字を紗良に見せて、咲太はスタートボタンを押した。

まだ何か言い足りなさそうにしていた紗良だったが、ピッという開始の音を聞くと、素直に問題を解きはじめる。こういうところは、実に真面目な優等生という感じがする。尖がった唇だけが、咲太に抗議の意思を伝えていた。

待っている間に、咲太も問題を解いていく。自分で解けなければ、紗良に解説できない。

まずは、共通テストを想定した問題。こちらは三問とも解を導き出すことができた。

次に、難関大学の過去問。これが簡単には進まない。問題を選んでいたときには、模範解答を見てわかった気になっていたが、いざ自分で解こうとすると、よくわかっていないという事実に直面する。

さすがに解けないままではまずいので、咲太は参考書に手を伸ばした。そして、その解説文と格闘しているうちに時間は経過していく。結局、解き終わる前に四十分が経ち、タイマーが終了の合図を鳴らした。

紗良は「ふぅ」と一息吐くと、シャーペンから手を離した。試験が終わったあとのような雰囲気で、両手を膝の上に揃える。その表情は冴えない。

「どうだった？」

「最初の二問しか解けませんでした」

用意した問題は全部で五問。共通テストレベルが三問。難関大学の過去問が二問。

「今の時点で二問も解ければ十分だよ」

紗良はまだ一年生。本番まで二年もあるのだ。

ノートに書かれた紗良の解答を確認する。「解けた」と言っていた最初の二問は正しく解を導き出していた。

三問目はいわゆる引っかけ問題。紗良は出題者の罠に見事にかかってしまい、答えとは違う方向に式を展開していた。何か勘違いをしていることには、紗良も途中で気づいたようだが、正解にたどり着くには時間が足りなかった。

「まず、三問目から解説すると」

ホワイトボードに模範解答を書いていく。すると、最初の式を書き出した段階で、

「あ、そっちの式を使うんですね」

と、紗良の声が上がった。

何を間違えたのか、すぐに気づいたようだ。

「そう。こっちの関数は関係ない」

最初の選択さえ間違えなければ、実際の計算は非常に簡単な問題だ。数学以前に、国語力が試される内容になっている。

ひっかけとして巧妙なのは、これと似たような問題はいくつもあって、よく出題される問題は紗良がノートに書いた解き方をする。そうした必勝パターンに慣れている生徒ほど、問題の深みにはまりやすい。

「なんか、咲太せんせみたいな問題ですね」

「僕はもっといい性格してるよ」

「咲太せんせのそういう図太いところ、私は好きですけど」

「じゃあ、次の問題」

「生徒の告白をスルーしないでください」

「僕も姫路さんのそういうところ嫌いじゃないよ」

「……」

咲太の言葉に、紗良が目を大きく開いて驚く。

それを気にせずに、咲太は背中を向けて、ホワイトボードに二次関数のグラフを書いた。

「僕以外にも、そんな態度だと心配にはなるけど」

「……それ、どういう意味ですか？」

「そう、これなんだよなぁ。この単純な$y=x$が、厄介で」

「私が言った『それ』は問題じゃなくて、先生が言ったことです」

手を止めて、咲太は紗良を振り向く。

「……」

紗良の目が咲太を見ている。

さて、何をどう話したものだろうか。

言葉を探す咲太のことを、紗良は口元に笑みを浮かべて見ている。

すると、その紗良の後ろ……教室の前を知っている人影が通り過ぎた。理央だ。

「あ、双葉、待った」

呼ばれた理央が入口まで戻ってくる。

「なに？」

「ちょっと来てくれ」

咲太が手招きをすると、理央は疑問の表情のまま教室に入ってくる。

「授業中じゃないの？」

理央が横目で紗良を気にしていた。

「この問題わかんなくてな。双葉、解説してくれ」

「塾講師として、その発言はどうなの？」

「頼むよ」

咲太が渡した問題に理央が視線を落とす。理央は三十秒ほど考えたあとで、咲太がホワイトボードに書いたグラフと式をまず消した。

一から二次関数のグラフと式を綺麗に書き直していく。その際、グラフの意味、式が表していること、それらをひとつずつ丁寧に解説してくれる。途中の計算式も、省略せずに細かく書き記した。

咲太が二十分かけても意味不明だった難問を、理央はものの五分で片付けてしまう。終わったときには、ホワイトボードはグラフと式でびっしり埋まっていた。

「今ので、だいたいわかった？」

ホワイトボードのマーカーにキャップをはめて、理央が振り返る。

「よくわかった」

紗良よりも先に答えたのは咲太だ。

途中から紗良の隣に座って、咲太も理央の解説を聞いていた。

「梓川には聞いてない」

素っ気なく言われてしまう。

それとなく理央に視線を向けられた紗良は、ゆっくりと頷いて、

「よくわかりました」

と答えた。「すごくわかりやすかったです」と、本音をもらしていた。

「姫路さんって、数学以外もきっと成績いいんだよな？」

咲太の突然の質問に、紗良と理央の視線が集まる。半分は疑問。もう半分は怪訝に思っているに違いない。

「悪くはないですけど……？」

紗良から返ってきたのは質問を含んだ謙虚な答え。

「一学期の成績は、平均するとどんな感じだった？」

「『8』と『9』の間くらいだと思います」

咲太の想像よりさらにいい成績だ。殆どが『8』と『9』で埋め尽くされて、時々『7』と『10』がある感じだろうか。咲太からすると信じられない成績だが、高校時代の麻衣の成績表がまさにそういう状態だった。

「姫路さんなら、今からちゃんとした先生に教えてもらえば、難しい大学も現役で受かるんじゃないか？」

「それ、どういう意味ですか？」

咲太の話の意図を察した理央が、少し迷惑そうな視線を向けてくる。

「僕より双葉の方が教えるの上手いって、姫路さんも思ったろ？」

難しい問題になればなるほど、その傾向は強くなる。

「だから、双葉に見てもらった方が……」

いい、と最後まで言い終わる前に、

「私は咲太せんせがいいんです」

と、紗良の緊迫した感情が覆いかぶさってきて、咲太の言葉は完全に遮られた。

「……」

決して大きな声ではなかった。だが、紗良の態度には、それ以上の発言を許さない確かな拒絶があった。教室の空気が一瞬にして凍り付く。触れたらすぐに割れそうな脆さを含んだ氷。時間の経過とともに、ひんやりとした緊張感が漂いはじめた。

理央は少し驚いた顔をしていた。咲太も内心驚いていた。こんな風に紗良が感情をむき出しにするのを、はじめて見たから……。

だが、一番驚いているのは、紗良自身に思えた。

衝動的に言葉を発したことに……。

感情が溢れ出したことに……。

自分が思っている以上に、大きな声が出てしまったことに……紗良は驚いているように見えた。

「何かあった？　大丈夫？」

そう言って教室の入口に顔を出したのは塾長だ。授業の様子を見回っている最中だったのだろう。

塾長はまず紗良の背中を見て、それから困ったような顔を咲太に向けてきた。表情に緊張感があるのは、咲太が三人目の講師であることを塾長は知っているからだ。前任者のふたりがどうなったかを知っているから……。

「すみません。僕が勉強不足の問題があって、双葉先生に助けてもらっていました」

「そうなの?」

それに紗良が「はい」と頷く。その紗良の反応を待ってから、理央も「はい」と短く答えた。すぐに沈黙が訪れる。

それを破ったのは、授業の終了を告げるタイマーだった。その音はやけに軽い。けれど、席を立つ切っ掛けとしては十分だった。

「今日もありがとうございました」

紗良が俯いたままノートとペンケースを鞄にしまう。コートを掴むと、

「次回もよろしくお願いします」

と、頭を下げて、紗良は教室から出て行った。

何か声をかけようとしていた塾長だったが、結局、紗良を呼び止めることはしなかった。代わりに、咲太の方を見て、

「大丈夫かな?」

と、曖昧な確認の言葉をかけてくる。何に対する「大丈夫」なのかがわからない。そこをはっきりさせたくない空気が塾長からは伝わってくる。

だから、咲太もその辺を曖昧にしたまま「はい」とだけ答えておいた。意味はないけれど、この場をお開きにするために必要な儀式だった。

「とにかく、よろしくね」

そう言って、塾長は教室の入口から離れていく。

やがて、その足音も聞こえなくなる。

妙な空気とともに、咲太と理央だけが教室に残された。

理央が一度深く呼吸をする。そのあとで、

「これ、どういうこと？」

と、聞いてきた。その厳しい口調は詰問と言ってもいい。

「どういうことって？」

「わざと怒らせたでしょ」

言葉は確認を求めているが、理央の表情は明らかに事実を断定している。

巻き込んだ以上、きちんと説明するようにと要求している。

「結論から言うと、麻衣さんを守るためだな」

ここ最近、咲太の関心事はすべてこの点に集約されている。

「それって、例のメッセージのこと？　『霧島透子を探せ』と『桜島先輩が危ない』っていう内容の」

理央の確認に、咲太は無言で頷く。

「双葉、前に言ってたろ？　それって霧島透子が直接麻衣さんの害になるか、霧島透子のせいで思春期症候群になった誰かが、麻衣さんを危険に晒すかのどっちかだろうって」

「でも、前者の可能性は低そうなんでしょ？」

「まぁね」

透子と会って話した結論としては、理央が今言った通りだ。

「じゃあ、話を後者に限定するとして……なるほど、梓川は、彼女の思春期症候群が何なのか、わかったんだ」

「それはさっぱりわかってない」

「……話がさっぱりわからないいんだけど？」

珍しく理央が顔を顰める。

「どんな現象かはわからないままだけどさ。どうして思春期症候群になったかは、だいたいわかってきた」

ここまで言えば、理央ならわかってくれるはずだ。

「……そっか、そういうこと。梓川らしいと言えば、実に梓川らしいね。つまり、彼女がどんな思春期症候群を発症しているのか知らないまま、彼女の抱えている問題を解決して、思春期症候群を治してしまおうって魂胆なんだ」

「いい作戦だろ？」

　これまでも、思春期症候群の発症には、心の問題が強く結びついていた。問題の根幹は、そこにある。だから、治すことだけを考えた場合、紗良の思春期症候群がどんな超常現象を引き起こしているかは、さほど重要ではなくなってくる。紗良が心に抱える問題を解決してしまえばいい。こういう問題の解き方もある。正解にたどり着く道筋はひとつとは限らない。

「だからって、高校一年生の女子にあんな揺さぶりをかけるなんて、さすがに大人気ないんじゃない？」

「ま、嫌われるかもな」

「それが目的なんでしょ？　でも、彼女……梓川の狙い通りだったとは言え、ちょっと極端に反応しすぎているようにも見えたけど？」

「あ、それは双葉のおかげ」

「私？」

「姫路さんが思春期症候群を発症した切っ掛けは話しただろ？」

「振られたって話？」

「その相手が加西君だから」

「……」

理央が文字通り絶句する。

「梓川」

静かな声の中に、確かな怒りを感じた。

「ん？」

「私を巻き込むときは、理由を話してからにして」

「言えば、協力してくれたか？」

「今回みたいなケースだったら、絶対に協力しないから」

だから、咲太は言わなかったのだ。今回に関しては言うタイミングもなかった。

3

翌日の木曜日は、咲太が目を覚ましたときにはもう雨が降っていた。

しばらく乾燥した晴天が続いていた冬の空気にとっては恵みの雨。気温は昨日と同じでも、不思議とあたたかく感じるのは湿度のせいだろう。

ただ、この雨が止んだあとの週末からは気温がぐっと下がり、「真冬の寒さが訪れるでしょう」と、ＴＶのお天気コーナーで冬の装いをしたお姉さんが話していた。

「夢だと、クリスマスは寒かったもんな」

朝からそんなことを思いながら、咲太は傘を持って家を出た。

雨が降っていること以外は、特に代り映えのしない通学ルート。藤沢駅の朝の様子も、そこから乗った東海道線の車内の混雑も、乗り換えで降りた横浜駅の賑わいも……すべてがいつも通り。

昨日とも、一昨日とも、一週間前とも、さほど変わらない。見たことのある街並みと、人の営みが続いている。

変わったのは、横浜駅から乗る京急線で、不思議な加速音を鳴らす車両を見かけなくなったことくらい。遭遇すると得した気分になれたので、最後まで残っていた一編成が引退してしまったのは残念でならない。通学時のちょっとした楽しみがなくなってしまった。

こんな風に、世の中は変わっていないようで、少しずつ変わっている。変わっていく。

大学の後期授業もそろそろ大詰めを迎え、出る授業、出る授業で、単位取得のためのレポート課題か、来年一月に試験を行う旨が告げられた。

一限の第一外国語、つまり英語は筆記とリスニングの試験。二限の一般教養を学ぶ基礎ゼミは課題レポート。三限の統計科学を学ぶための基礎数学は当然のように試験。四限のPCを使う情報処理の授業では、HPを作成するという珍しい課題をつい先ほど出された。

その情報処理の授業が終わると、「課題、どうする？」、「いつやる？」、「提出来年だろ？

余裕っしょ」と、友人同士で話す声があちこちで上がった。誰も今すぐ真剣に取り組もうという空気ではない。雑談という感じで、誰もがさっさと教室を出て行く。

廊下からは「腹減った。飯食ってかね？」、「俺、金ないわ」と、早々に話題を変えているグループの声も聞こえてきた。

そんな中、席を立たずPCの前に残った咲太は、『#夢見る』に絡めて、『桜島麻衣』を検索した。

もし、誰かが麻衣の身に起こる不幸を夢に見ているなら、例のメッセージの理由がわかるかもしれないから。

麻衣が有名人だからこそ頼れる手段だ。

だが、前にも何度か試したが、それらしいSNS上の書き込みは今日も見当たらない。

続けて、咲太は『霧島透子』でも検索をかけた。

透子に関する何かしらの情報があれば、霧島透子を探さなければならない理由がわかるかもしれないから……。

だが、こちらもメッセージに関連していそうな書き込みはなかった。

見つかったのは、『桜島麻衣』が『霧島透子』だという、的外れな憶測だけ。

――歌声が似ている

――ドラマの中で歌った鼻歌がそっくり

——公式発表が近いって話

などと、もっともらしく、それぞれが勝手に語っている。

麻衣が透子であるわけがないのに。

咲太は違うことを知っている。

それなのに、世の中には、噂を真に受けている人が結構いることに驚く。

咲太のように両者と面識がなければ、そんなものなのかもしれない。そこまで興味がなければ、入ってきた情報を疑うことなく「そうなんだ」と受け入れてしまうのかもしれない。正しくても、間違っていても、その人にとってどっちでもいい話ならそんなものだ。

世の中に蔓延する根も葉もない噂話というのは、そうやって広がっていくのだろう。

「梓川、なに調べてんの？」

隣の席から声をかけてきたのは、何も言わずに隣に残っていた拓海だ。

「面倒くさいこと」

全部を説明するのは難しいので、適当に答えておく。

「そりゃあ、面倒くさいね」

咲太の返事に笑うだけで、拓海はわざわざ追及してこない。

「福山はなに見てんの？」

拓海が真剣な表情で画面を見つめているのが、先ほどから咲太の横目に映っていた。

「学祭で、ミスター&ミスコンあったじゃない？」

「あったらしいな」

先月上旬の話。あれから、一ヵ月が経つ。

咲太は直接コンテストを見に行ったわけではないが、のどかたちスイートバレットが、プレゼンターとしてゲスト参加したのは知っている。グランプリを獲得した男女に、それぞれトロフィーを渡したそうだ。

「んで、このサイトで歴代の優勝者が紹介されててさ」

「何代目が一番かわいいか、見比べてたのか」

いかにも男がやりそうなことだ。何人か集まっていたら、「俺、この子か」「俺は断然こっちだな」とか言って、盛り上がったに違いない。

「そう思ったんだけど、去年のミスキャンパスだけ、プロフィールが載ってないのよ。ミスターは載ってんのに」

「ページのミスなんじゃないか」

「ミスだけにな」

「……」

「いや、今のは、梓川だよね？」

「……」

「無視しないでくれる？」

それも無視して、咲太は霧島透子の検索を続けようとマウスに手を戻した。その瞬間、手を置いた机が小さく震動する。拓海のスマホが机の上で、震えながら滑っていた。

ちらっと見えた画面には、咲太の知っている名前が見えた。

前に合コンで一緒になった国際商学部の二年生、小谷良平だ。

「はい、なんでしょう」

陽気な声で拓海が電話に出る。

「今日の合コン、ひとり欠員出てさ。福山君来る？」

ボリュームが大きいせいか、咲太のところまで相手の声が聞こえてきた。

「行きます。行きますとも」

思考時間ゼロの即答。

「そう？　じゃあ、詳細は送っとく」

「はい、よろしくどうもです」

たった数回のラリーで、拓海は電話を切った。すぐに立ち上がると、コートを着てリュックサックを背負った。

「んじゃ、俺、行くな」

さらばと手をあげて、拓海は教室を出て行こうとする。

「パソコン、つけっぱなしだぞ？」

咲太が指摘をすると、

「消しといてくれ！」

と、廊下から返事があった。

誰と合コンするのかも知らずに飛び出していった拓海の無事を祈りつつ、咲太は拓海が使っていたPCをシャットダウンするためマウスに手を伸ばした。

だが、その手はそこから一ミリも動かずに止まった。

画面に釘付けになる。

去年のミスコン優勝者。

ひとりだけプロフィールが載っていないと拓海は言っていたが、そうではなかった。

拓海には見えていなかっただけ……。

認識できていなかっただけだった。

黒くて、清楚な長い髪。

白くて清潔なブラウス。

カメラに照れた感じで笑っているのは、咲太の知っている人物だった。

大学内で時々見かけるミニスカサンタ。

霧島透子に間違いなかった。

プロフィールに目を向ける。

一番上の名前の欄には、知らない名前が記されている。

「岩見沢寧々……？」

つまり、霧島透子はアーティスト名ということだろうか。

学年は去年の段階で二年。普通に進級していれば今は三年。現役で大学に合格しているなら、咲太の二歳上になる。

学部は国際教養学部。麻衣やのどかと同じだ。

出身地は北海道。誕生日は三月三十日。身長１６１センチ。

プロフィールに載っていたのは、ここまで。

突然の遭遇に、気持ちの昂ぶりを感じる。何かすごいことに巡り合ったように、心拍数は上がっている。だけど、よくよく考えると、本名、所属の学部、学年、出身地、誕生日、身長がわかっただけだ。

全部表面的なもの。透子の本質がここに載っているわけではない。

それでも、本質に繋がるひとつの道筋にはなるかもしれない。

そう期待しながら、咲太はキーボードで『岩見沢寧々』と打ち、検索ボタンをクリックした。

4

咲太がPCの電源を落としたのは、『岩見沢寧々』の検索をはじめてから一時間以上が経過したあとだった。時刻は六時を過ぎようとしていた。

自分の足音しかしない廊下を歩いて本校舎から外に出る。朝からの雨で元々暗かった空は真っ暗になっていた。街灯が煌々と灯った並木道は、すっかり夜の雰囲気だ。

それでも、並木道を歩く学生はちらほら見える。帰ろうとする咲太とすれ違う白衣の学生もいた。恐らく、卒業研究をしている四年生。手にはカップ麵とペットボトルのコーヒーが入ったコンビニの袋を下げていた。

いずれは咲太も、あんな生活をすることになるのだろうか。

そんなことを思いながら駅に向かい、すぐにやってきた快特に乗った。

京急線に揺られること約二十分。多くの乗客が乗り降りする横浜駅で咲太も電車を乗り換えた。

今度は東海道線に揺られること約二十分。

咲太が藤沢駅に到着したのは、多くの社会人が行き交う午後七時過ぎ。

しつこく降る雨にうんざりしながら、咲太は傘を差して家路についた。

マンションまで続く歩き慣れた道を、考え事をしながら進んでいく。

今日、調べてわかったことはいくつかある。

まず『岩見沢寧々』で検索をかけたら、本人のＳＮＳが一番上に出てきた。写真と短い文章を投稿するタイプのＳＮＳだ。

それを細かく見ていくと、ミスコンのグランプリに選ばれる以前……高校二年生のときから、地元北海道でちょっとしたモデル活動をしていることがわかった。

その後、大学進学を機に、神奈川県内に引っ越すことになったと綴られていた。

大学生になってからは、ミスコンを切っ掛けにしてモデル事務所に所属。ファッション雑誌を中心に活動。

ＳＮＳ上には、少しずつ増えるモデルとしての活動が誇らしげに綴られていた。だが、順調に見えたのは今年の春まで。四月六日を最後に、更新がぴたりと止まっていた。

「その時期に、認識されなくなったのかもな」

ミニスカサンタの透子は、咲太の知る限り咲太にしか見えていない。誰からも認識されていない。モデルの仕事どころではない。

ただ、ＳＮＳを見ても、どこにも霧島透子については触れられていなかった。音楽に関する話も見当たらなかった。

モデルの仕事とは完全に分けて考えていたということだろうか。

その理由については、当人でもない咲太にわかるはずはなかった。

「ま、今度会ったときに聞くしかないな」

そう結論が出たところで、咲太は見えてきたマンションの前に、見覚えのある車が止まっていることに気づいた。

白のミニバン。

麻衣のマネージャーである花輪涼子が運転している車だ。

近づいていくと、やはり運転席には涼子の姿があった。

咲太に気づいた涼子が会釈をしてくる。咲太もお辞儀を返した。

けれど、涼子の視線はすぐに脇に逸れた。咲太が住んでいるマンションのエントランスを見ている。つられて咲太もそちらを見ると、中から麻衣が出てきた。

傘を差そうとする麻衣に近づいて、咲太は自分の傘を傾けた。

「咲太、おかえり。遅かったわね」

「ただいま、麻衣さん。ちょっと調べものをしてて」

「大学の課題？」

「じゃない方」

「何か進展はあった？」

「わかったと言えるほどはわかってないから、なんて言えばいいか」

結論に至っていない話なので、どうがんばって説明しても中途半端になってしまう。

「じゃあ、今は時間ないから夜に電話する」

「麻衣さん、今から仕事？」

「仕事は明日で、今日は前乗り。福岡の映画祭に出席するの」

「ドレスとか着るやつ？」

「着るわよ。綺麗なやつ」

「僕も見たいなぁ」

「写真なら涼子さんがいっぱい撮ってくれるわよ」

「実物がいいんだけど」

歩き出した麻衣が雨に濡れないように、一緒に車の後部座席に向かう。自動で開くスライド式のドアが麻衣を出迎えていた。

「夕飯、作っておいたから花楓ちゃんと食べてね」

麻衣が車に乗り込む。座ってすぐにシートベルトを装着する。「ありがと」と傘のお礼も忘れなかった。

「そうだ、咲太」

「なに？」

「箱根の温泉旅館、予約取ったから」

「クリスマスの？」

「咲太は行けるかわからないけどね」

「行きますよ。絶対に」

「咲太がダメでも、涼子さんが一緒に泊まってくれるって言うから気にしなくていいわよ」

「あの旅館、一度泊まりたかったんです」

　黙って聞いていた涼子がそんな冗談を挟んでくる。いや、泊まりたい気持ちは、本物かもしれない。助手席には箱根のガイドブックが置かれていた。行く気満々だ。

「じゃあ、そのときは僕の代わりに楽しんできてください」

「不機嫌な麻衣さんと一緒なのは、ちょっと憂鬱ですけど」

「ふたりして、なによ」

　麻衣の反応に咲太と涼子は同時に笑った。笑いながら、咲太はドア口から一歩下がって、涼子に合図を送った。

　スライドドアが自動で閉まっていく。やがて、ジグソーパズルの最後のピースがぴったりはまるみたいに、後部座席のドアは綺麗に閉まった。

　車がゆっくり走り出す。ミニバンが夜に溶け込んでいく。唯一よく見える真っ赤なテールランプも、角を曲がってすぐに見えなくなった。

5

「麻衣さんと温泉、楽しみだなぁ」

湯船に浸かると、そんな独り言が自然ともれた。

じんわり体があたたまっていく。お腹は麻衣が作っておいてくれたコンソメ味のロールキャベツで満たされ、心はクリスマスのお泊まりデートへの期待感でいっぱいだった。

ただ、素直に喜んでもいられない事情が咲太にはある。

「クリスマスまでに色々すっきりしてると最高なんだけど……」

見通しは正直かなり厳しい。

今日が十五日。残された時間は一週間とちょっと。

それまでに、霧島透子の思春期症候群を治せるだろうか。

姫路紗良の思春期症候群を治せるだろうか。

現段階で、前者は望みが薄い。今日、いくらかの前進はあったが、透子の核心に迫るような情報は得られなかった。

一方、後者もあと一週間で決着をつけるのは不可能に思える。次の授業の際に、紗良がどんな反応をしてくるか次第。今はまだどのようにも転ぶ可能性がある。

そもそも、思春期症候群は当人の心の問題だ。咲太がいくら気をもんだところで、最終的には紗良自身に決着をつけてもらうしかない。咲太の手で治せるわけではない。今までもそうだったし、それはこの先も変わることのない事実。

「結局、なるようにしかならないんだよな」

悩んでも仕方がないことはさっさと諦めて、咲太は体がしっかりあたたまったところで、風呂を上がることにした。

脱衣所に出てバスタオルでまず頭を拭く。上から下に体を拭いていると、リビングで電話が鳴った。

「お兄ちゃん、知らない番号から電話」

少し遅れて花楓がそう教えてくれる。

「花楓、出てくれ」

知らない番号と聞いて、もしかしたら透子からかもしれないと思った。だったら、このチャンスを逃したくない。話ができる機会には、できるだけ話をしておきたい。それが、霧島透子という人間を知る切っ掛けになる。思春期症候群を治す糸口になるかもしれない。

「えー、やなんだけど」

不満の声とは裏腹に、電話はすぐに鳴り止んだ。

文句を言いながらも、リビングにいる花楓が電話に出てくれたのだ。

急ぎバスタオルで体を拭いてパンツをはく。

「……はい、そうです」

パンツ一丁で咲太がリビングに行くと、受話器を耳に当てた花楓と目が合った。

「お兄ちゃん、塾の人から」

そう言って受話器を差し出してくる。

「塾の人って」

「なんか男の人」

誰だろうと思いながら受話器を受け取った。

「はい。お電話代わりました」

恐る恐る電話に出る。

「あー、梓川君」

聞こえてきたのは聞き覚えのある大人の声。

「塾長？　何かありましたか？」

「突然、ごめんね。夜遅くに。ついさっき姫路さんから連絡があってね」

「何かありましたか？」

紗良の名前を聞いて、咲太は同じ言葉を繰り返すことになった。

「いや、たいした話じゃないんだ。梓川君の連絡先を聞かれてさ。次回の授業の日程を相談したいとかで。個人情報になっちゃうから、一応、確認してからと思ってね」

「わざわざ、ありがとうございます。大丈夫です。この番号を姫路さんに伝えてください」

「はいはい。それじゃあ、くれぐれもよろしくね」

「はい、お願いします」

電話が切れるのを待って受話器を置く。

どうせすぐにまた電話は鳴る。今度は紗良から。

今頃、塾長は紗良に連絡して、ここの電話番号を伝えているだろう。

紗良はメモして、お礼を言って、電話を切った頃だろうか。

そろそろ電話が鳴ってもおかしくない。

だが、五分が経過しても、十分が経過しても、再び電話が鳴る気配はない。

塾長から紗良に連絡がつかなかったのかもしれない。

「お兄ちゃん、風邪引くよ」

コタツに置いたノートPCで、映像授業を受けていた花楓からごもっともな指摘が飛んでくる。パンツ一丁で過ごすには厳しい季節だ。

咲太は服を着るために自分の部屋に入った。

すると、間の悪いことに電話が鳴った。

「花楓、出てくれー」

「えー、またー？」

文句に続けて、リビングから物音がする。花楓が立ち上がった音だ。たんっ、たんっと大股歩きの足音が響く。電話までの三歩半。そこで、電話のベルが止んだ。

「お兄ちゃん、切れたー」

部屋着に着替えてリビングに出る。

コタツに戻る花楓と入れ替わりで電話の前に立った。

番号を確認しようとボタンに手を伸ばしたところで、再び電話が鳴った。０７０ではじまる十一桁の番号。

咲太は受話器を取って、電話に出た。

「はい、梓川です」

「あ、私、咲太先生にお世話になっている姫路と言います」

聞こえてきたのは緊張した声。

「姫路さん？　僕だけど」

「はぁ～、よかったぁ。咲太せんせで」

「たかが電話で大げさだな。なんか、一回切れたし」

「普段、誰かの家に電話なんてしないんです。だから、緊張して……間違えて、切るボタンに触っちゃったみたいで」

「そういうもんか」

スマホを所有していない咲太には、紗良の気持ちは半分もわからない。

「咲太せんせ、スマホ持ってください」

不満そうな声が電話口に届く。

「塾に電話して連絡先を聞くのだって、大変だったんですから」

「その点は、ごめん。言っとけばよかったな。あ、でも、古賀に聞けばよかったんじゃないか？」

「二度も聞けません」

きっぱりとそう言い切る。紗良としては筋が通った話なのだろうが、咲太としては腑に落ちない理由だった。別に、もう一度聞けばいいと思ってしまう。前回、繋いでもらったあとに、咲太から聞き忘れてしまったからと言って。

「とにかく、大変だったんです」

電話越しでも、紗良が膨れっ面なのがわかる。

「そりゃあ悪かった。んで、授業の日程の話だっけ？」

「それは、咲太せんせの連絡先を聞くための口実です」

「じゃあ、本題は？」

咲太がストレートに聞くと、電話の向こうで紗良が深呼吸をした。

「昨日は失礼な態度を取って、ごめんなさい」

空気を変えて、紗良が謝罪の言葉を口にする。

「全然失礼なんかしてないから、謝らなくていいよ。むしろ、僕としてはうれしかったし」

「え？」

「『咲太せんせがいいんです』って言ってくれて」

「あ、あれは！　忘れてください……」

驚きで大きくなった紗良の声は、尻すぼみに小さくなる。最終的には殆ど聞き取れなくなっていた。

「でも、そんくらいのことなら、次の授業のときでもよかったのに」

そうすれば、電話をするにあたって、色々と苦労をすることもなかっただろう。

「私が嫌だったんです。早く謝りたくて……」

「大丈夫。気にしてないから」

「それはそれで複雑なんですけど。ちょっとは私のこと気にしてください」

「ちゃんと姫路さんのことは気にかけてるって。昨日話したことは、やっぱり、一度真剣に考えた方がいいと思うし」

「双葉先生のことですか？」

言葉の端々に、この話をしたくない気持ちが見えた。

「双葉じゃなくてもいいけど、姫路さんのレベルに合った先生に付いてもらった方が、姫路さんのためになる」

「そのことでひとつ思ったんですけど」

提案がありますという口調だ。

「なに？」

「私は咲太せんせにレベルアップしていただきたいです」

何かと思えば、わざと丁寧な言葉遣いになってそんなことを言ってくる。

「僕のレベルはもう上がらないんじゃないかな」

「がんばってください。私、応援しますから」

もちろん、こう言われて悪い気などしない。気持ちはがんばってみようかという方向に傾きかける。けれど、咲太はここで「よし、やってみよう」とは言わなかった。

紗良の選択は、彼女の進路に影響を与えるものになるかもしれないから。迂闊なことは言わずに、もう少し時間をかけて考えてもらった方がいい。きちんと話し合っておいた方がいい。

「姫路さん、明日の放課後って時間ある？」

「何ですか、急に？」

「会って話した方がいいと思って」

「それもそうですね。あ、でも、明日は……」

「都合悪かった？」

何か用事があるという反応だった。

「いえ、その……」

妙に歯切れが悪い。明らかに説明の言葉を選んでいる。探している。

「言いづらいことならいいよ」

「大丈夫です。咲太せんせには、お伝えしようと思っていたので」

「そう？　なんだろ？」

「実は、関本先生から、どうしても会って話がしたいと言われてて……」

聞き慣れない名前に少し戸惑う。だが、記憶を辿るとその名前の人物に心当たりがあった。

「それって、確か前の……」

「はい。咲太せんせの前に担当してもらっていた先生です」

　この場合の会うとは、どんな意味だろうか。少なくとも、世間的にあまりいい印象は抱けない。咲太に担当が代わったのは、関本という塾講師が紗良に好意を持ったのが原因だ。今、彼がどんな気持ちでいるのかはわからないが、どちらにしても、それは一方的な感情に過ぎない。今さら、紗良に会わせるべきではないだろう。

「姫路さん、会うのは明日の何時で、どこ？」

聞いてしまった以上、放っておくわけにもいかない。

「夕方五時に、藤沢駅で待ち合わせしています」

「わかった。じゃあ、こうしよう――」

事情を聞いた咲太は、紗良にある提案をした。

話を聞いた紗良は、「え？」と驚いていた。

6

翌日の金曜日。十二月十六日。

大学で三限まで授業を受けた咲太は、チャイムが鳴るとすぐに教室を出て、真っ直ぐ藤沢駅まで帰ってきた。ホームに降りたのは四時半過ぎ。次に来る電車を知らせる電光掲示板の時計で確認した。

前を歩く人に続いて階段を上り、改札口でＩＣカードをかざした。北口の立体歩道に出たときには、東の空はまだ辛うじて青さを保っていた。だが、西の空はオレンジ色に染まり、時間の経過とともに夜に塗り替えられていく。

夜が迫ってくる様子を、咲太は家電量販店前にある広場のベンチから見上げていた。わずか十分の間に空は暗くなっていく。駅前の街灯が一斉に灯った。

広場にいた人たちが、その瞬間だけスマホから顔を上げる。この時期は、イルミネーションの光もあるので急に駅前が華やいで見えるのだ。

広場に立つ時計の針が四十五分を差した。

目的の人物が広場に姿を現したのは、四十六分になる前。チャコールのコートに黒のスラックスの男性。整髪料で固められた短めの髪には清潔感がある。年齢は二十五歳くらい。

誰かを捜すように、広場を見回している。咲太と目が合っても、咲太には気づかなかった。薄い面識しかない相手だから、それも当然だと思う。咲太だって、街中で彼とすれ違っても、「あの人だ」とは気づかない。

待ち合わせ相手が見つからなかったのか、男性は咲太の対面にあるベンチに座った。コートのポケットからスマホを取り出して確認している。何やら操作もしている。待ち合わせの相手に「もう着いたよ」とメッセージでも送ったのだろう。

けれど、男性の待ち人はここには来ない。

代わりに咲太が来た。

ベンチを立つと、咲太は真っ直ぐ男性の元まで歩いた。たった十メートルほどの距離。目の前で立ち止まると、スマホを見ていた男性が訝しげに顔を上げた。

「関本先生ですよね」

そう声をかけると、

「え、ああ、君は……」

と、咲太を見て何かに気づいた顔をする。

「塾講師のバイトをしてる梓川です」

「ああ、うん」

納得するような声を出しながらも、関本の視線は疑問に揺らでいた。どうして咲太が話しかけてきたのか、それがわかっていないのだ。

「すみません。今日、姫路さんは来ません。僕が代理です」

「え……？」

ようやく合点がいったのか、瞳に動揺が走る。

そんな咲太と関本からただならぬ気配を感じ取ったのか、広場にいる数人から、見えない視線を感じた。真っ直ぐ見ている人はいないが、明らかに見られている。聞かれている。そういう感じ。

「君と話すことは何もない」

関本がすっと立ち上がる。声には確かな焦りと、抑えきれない苛立ちのようなものが滲み出していた。そのまま立ち去ろうとする。

「待ってください」

「……」

体が勝手に反応したという感じで関本が立ち止まる。思わず相手の話を聞いてしまうところに、育ちのよさのようなものを咲太は感じた。世間から見れば、教え子に手を出そうとした塾講師だが、根は真面目なのだと思う。だからこそ、紗良に捕まった。よくない戯れをする紗良に、心を奪われてしまった。

咲太は立ち止まったままの関本の背中に声をかけた。

「もう、姫路さんに連絡しないであげてください」

関本がゆっくり振り返る。

「もう、姫路さんとは会わないでください」

ずかずかと関本が咲太の方に戻ってくる。

「もう……っ！」

咲太が次の一言を言う前に、

「もう、なんだ！」

と、関本に胸倉を摑まれた。

行き交う人の視線が刺さる。でも、誰もが素通りしていく。

一瞬で上がった荒い息を、関本が二度、三度と繰り返す。胸が大きく上下に揺れた。

それが少し落ち着くのを待ってから、咲太は再び口を開いた。

「もう、姫路さんから連絡をしてきても、返事をしないであげてください」

関本の目を見て、咲太は真っ直ぐに伝えるべき言葉を伝える。

「……」

瞳が揺れている。揺らいでいる。何を言われたのかはわかっているはずだ。

「それが姫路さんのためだと思うので、彼女のことを思うなら……お願いします」

胸倉を摑まれたまま、咲太は関本に頭を下げた。

自然と関本の手からは力が抜けていく。やがて、行き場をなくしたように完全に離れた。

「このこと、塾には……？」

頭を下げたままの咲太の後頭部にそんな声が聞こえる。

顔を上げると、関本は明らかに困った顔をしていた。それを隠そうとして、隠す場所が見つからずにまた困っている。困惑から抜け出す道はどこにもない。抜け道を知っているのは、咲太だけだ。

「一応、塾長には、結果だけ伝えます」

「結果……？」

「何にもなかったし、もう大丈夫だと思いますって」

「……そうしてくれるとありがたい」

それは、この状況で、関本が言える最大限の感謝の言葉だったと思う。

「ひとつ、いいかな？」

「はい」

「その……」

関本が何かを言いかける。けれど、

「いや、やっぱりいい」

と、口にしただけだった。恐らく、紗良のことを何か聞きたかったのだと思う。自分のことを何か言ってなかったか。最近はどうしているのか。勉強は順調なのか。その全部かもしれない。だが、やっぱりいいと言った関本は、本当に何も聞いてこなかった。

「じゃあ、僕からひとついいですか？」

「……」

関本は「いい」とは言わなかった。嫌とも言わなかった。言えなかったのだ。

「姫路さんが高校を卒業したあとなら、いいんじゃないですか？　そのときに、まだ関本先生にその気があればですけど」

「考えておくよ」

力なく吐き出された言葉は、諦めにしか聞こえない。強がっていたのは形だけだった。けれど、その形が大事なときもある。体裁が必要なときもある。少なくとも、この瞬間の関本にとっては重要なものだった。

「それじゃあ、私はこれで。姫路さんのことよろしく」

「はい」

「君も気を付けてな」

最後は無理に笑って、皮肉とも冗談とも取れる言葉を残して、関本は駅の中に消えて行った。駅前の混雑の中から、その背中を見つけることはもうできない。

背中に感じていた周囲からの視線も、関本がいなくなるとすっかりなくなった。たったひとつだけを残して……。

今も咲太を見つめる視線を探して振り返る。探し物はすぐに見つかった。

花壇の脇に立つ華奢な人影。

心配そうに咲太を見ているのは紗良だ。

咲太と目が合うと、びくっと体が跳ねて「しまった」という顔をしていた。

ゆっくり紗良の元まで歩いていく。

「塾で待ってる約束だったろ?」

「……ボタン、取れてます」

紗良が見ているのは咲太の襟元。胸倉を掴まれたときに、どこかへ飛んで行ってしまったらしい。

「予備のボタンならあるよ」

タグのところに縫い付けられている。

「これ、いつ使うんだろうって思ってたけど、こういうときに使うんだな」

シャツの裾をめくってボタンを見せても、紗良の沈んだような表情は変わらない。普段の紗良なら、「じゃあ、私が縫います」と笑顔で言ってきそうなものなのに。しばらく待っても、紗良は何も言ってこなかった。

「野暮用も済んだし、昨日の続きを話すか」

「……はい」

その返事も、紗良にしては随分と大人しかった。

咲太と紗良が挟んで座るテーブルの上には、クリームソーダとコーヒーフロート、それにピザトーストが置かれていた。

駅から歩いて二、三分。細い路地の途中にあるレトロな喫茶店にふたりは入っていた。

椅子もテーブルも、メニューもすべてが昭和の雰囲気。昭和を知らない咲太にとっても、どこか懐かしく感じられるのはなぜだろうか。昭和イコール『ノスタルジィ』の公式がいつの間にかすり込まれている。

クリームソーダの氷が溶けて、アイスが少し沈んで傾く。

「写真、撮らなくていいのか？」

溶けていくアイスを見ながら、咲太は正面に座った紗良に声をかけた。この店に入りたいと言ったのは、紗良の方だった。一度入ってみたいと思っていた喫茶店だったが、高校生には入りづらい大人な佇まいのため、友達と一緒でも入れなかったらしい。

　せっかく念願が叶ったはずなのに、紗良は写真も撮らずにただ座っていた。

「これ、もう飲んでもいいか？」

　コーヒーフロートに手を伸ばす。

「あ、待ってください。撮ります！」

　慌てた様子で紗良はスマホを構え、クリームソーダを撮り、コーヒーフロートを撮り、ピザトーストをカメラに納めた。とは言え、前にドーナツを撮っていたときと比べるとテンションが低い。どことなく事務的に撮影をしただけに見える。楽しんでいる様子があまりない。

　明らかに、紗良の意識の半分は、写真とは別のところに向いていた。

「……あの、咲太せんせ」

　スマホを引っ込めると、今度は紗良の方から話しかけてきた。

「ん？」

「私、やっぱり咲太せんせがいいです」

　真っ直ぐに見つめてくる。黙って考えていたのは、このことだったようだ。

「そっか」

　咲太が曖昧な返事をすると、紗良の視線はすぐにクリームソーダに逃げた。

　グラスを持ってストローに口を付ける。一口飲んだあとで、

「ダメですか？」

と、上目遣いで聞いて来た。

今度は咲太の方がコーヒーフロートに視線を逃がした。

「姫路さん、行きたい大学とかってない？」

「今は特にないです」

紗良がストローをくるくる回す。アイスの全部が液体に沈んだ。

「そりゃあそうか。まだ、一年だしな」

咲太もコーヒーフロートのアイスをストローで突っついて混ぜていく。

「咲太せんせは、どうして今の大学を志望したんですか？」

「彼女と楽しいキャンパスライフを送るため」

咲太の堂々とした本音に、紗良が吹き出すように笑う。今日、最初の笑顔だ。けれど、まだ快晴とはいかない。笑顔の空にはどんよりした雲が残っている。

「本当に、彼女さんのことが好きなんですね」

「大好きなんだよ」

目を見て言うと、紗良はびっくりしたような表情で顔を背けた。その頬は少し赤い。

「姫路さんに言ったんじゃないから」

「わ、わかってます。急だったから驚いて。そもそも、そんな不純な志望動機を塾の教え子に堂々と言わないでください」

紗良は慌てた様子で咲太を責めてくる。

「教え子に嘘を吐くのもよくないしなぁ」

「わかりました。質問を変えます」

何がわかったのだろうか。咲太にはさっぱりわからない。

「咲太せんせは何のために大学に行こうと思ったんですか？」

「それは……」

「彼女とイチャイチャするためっていうのはダメですよ？」

咲太が答えようと思った理由は、紗良に先回りされてしまう。

ここは真面目に答えるしかなさそうだ。塾とは言え生徒の前。それも仕方がない。

「そうだな。受験のときから考えてたわけじゃないけど……今は、教員免許を取るつもりで、大学に通ってるよ」

「え？　咲太せんせって、『先生』になるんですか？」

驚きに紗良の声が高くなる。目を見開いた顔も紗良にとっては珍しい。

「とりあえず、資格だけね。向いてるかわかんないし。これ、誰にも話してないから内緒にしといてくれな」

「彼女さんにも言ってないんですか？」

「言ってない」

「双葉先生にも？」

「もちろん、言ってない」

これは本当だ。別に話してもいいことだが、たまたまそういう話をする機会がなかった。急に宣言をするのもおかしいので、折を見て話せばいいと思っている。

「じゃあ、私と『咲太先生』だけの秘密ですね」

楽しそうに紗良が笑う。少しだけいつもの調子が出てきたようだ。

「でも、先生になるなら、やっぱり咲太先生にはレベルアップが必要だと思います」

「生徒の将来のために適切な助言をすることも、教師には必要だと思うけどね」

「そんなに私の担当が嫌ですか？」

紗良はグラスの中のアイスをかき混ぜながら、上目遣いを向けてくる。

「もちろん、嫌じゃない」

咲太はピザトーストに手を伸ばしてかぶりついた。

「だったら……」

「でも、他の先生の授業も、試しに受けてほしいと思ってる。姫路さんのために」

「……」

「僕よりいい先生が見つかれば変更すればいいし、見つからないなら僕が責任を持ってレベルアップする。これならいいんじゃないか？」

「……咲太先生はいいんですか？　私が他の先生を選んでも」

なおもクリームソーダを紗良が混ぜ続ける。もはや、アイスとソーダに境目はない。そのグラスを紗良はじっと見つめていた。

「姫路さんの成績が今よりもっとよくなるなら、元担当講師としてはうれしいよ」

「自分が教えてなくてもですか？」

「僕としては、どっちでもいい」

「私のことなんて、どうでもいいんですね」

「僕にとって大事なのは、姫路さんの力になることだからな。バイトの塾講師として」

「それ、本気で思ってますか？」

「思ってる」

迷うことなく咲太はそう返事をした。

「……」

じっと紗良が見つめてくる。

咲太は気にせずに、二切れ目のピザトーストにかぶりついた。先ほどの発言は本音だからごまかす必要もない。言葉を重ねて取り繕う必要もなかった。

今はまだ勉強をする明確な目標がなくても、いずれ何かしらの目標を紗良が見つける日は来るだろう。そのときに、ここでの選択を後悔するようなことにはなってほしくない。せっかく勉強ができるのだから、もっとできるようになっておいて損はない。その方が、後々の選択肢は広がってくる。そのことに咲太が関わるか関わらないかは、この際どうでもいい。紗良の人生が少しでも豊かになるなら、そのための選択肢を咲太は選ぶだけだ。

「……咲太先生が、私のことを真剣に考えてくれているのはよくわかりました」

しばらくして、紗良はぽつりともらした。残っているクリームソーダに口を付ける。それが空っぽになると、

「だから、咲太先生の言う通りにしてみます」

と、まだ納得しきれていない顔で言ってきた。咲太の言葉の正しさは理解したが、感情が追い付いていない感じ。自分の思い通りになっていないことに対する不満のようなものが、言葉の節々や不機嫌な唇から伝わってくる。

「それがいいと思う」

頷いた咲太が視線を向けると、紗良は窓の方に顔を向けて目を合わせることから逃げた。

「でも、いい先生がいなかったら、この先も咲太先生にお願いしますからね」

「そのときは、僕のレベルアップを手伝ってもらうことになるな」

「いいですよ。私はそれでも」

笑いながら紗良が言ってくる。それでも、紗良の表情が完璧に晴れることはなかった。納得

するには、少しばかり時間が必要なこともある。

ただ、窓の外を見つめる紗良の横顔は、何かを決意しているようにも見えた。すでに先のことを考えているように思えた。それは、たぶん、咲太の気のせいではない。


咲太が会計を済ませて店を出ると、「ごちそうさまでした」と紗良が頭を下げた。

その紗良と並んで駅の方に歩き出す。紗良をバス停まで送るためだ。

お互いに無言のまま、しばらく歩き続ける。

「そうだ。咲太先生」

紗良が再び口を開いたのは、信号待ちのタイミングだった。その口調は妙に明るい。

「ん？」

それを不思議に思いながら、促すように疑問を返す。

「そろそろ宿題の答え、わかりました？」

「宿題？」

信号が青に変わり、横断歩道を渡っていく。

「わかってて、とぼけないでください。私の思春期症候群についてです」

「ああ、それか。さっぱりわからない」

「咲太先生、全然問題を解こうとしてないですもんね」

何か見透かしたようなことを、紗良は勝ち誇った顔で言ってくる。

「……？」

その核心めいた言葉に、咲太の疑問は深まった。

「答えから逆算して、私の思春期症候群を治そうって魂胆ですもんね」

「……」

念を押すような紗良の口調に心臓がどくんと反応する。驚きは一瞬で過ぎ去り、果てのない疑問と、恐怖にも似たうすら寒さが体を支配する。いくら頭がいい紗良でも、そんなことにまで気が付くとは到底思えない。

バス停に着く前に、咲太の足はロータリーの途中で止まった。立体歩道の屋根の下。

「咲太先生のためにも、私の思春期症候群は治さない方がいいと思いますよ？」

数歩先で紗良も立ち止まる。

「どういう意味だ？」

オレンジがかった照明がふたりを照らしている。

口元だけ笑って、紗良が振り返る。

「調べてみたら、千里眼って言うんですね」

手にはスマホを握っていた。

「千里眼？」

聞き慣れない言葉を聞き返す。

「私、その人がどれだけ遠くにいても、今どこで何をしていて、何を考えているのかが見えるんです。わかるんです」

「……」

「だから、咲太先生の秘密もいっぱい知っています」

「僕の秘密なんて、今日話した教員免許のことと、キャッシュカードの暗証番号くらいだけどな」

「それと、霧島透子を探していることですか？」

「……」

「びっくりしました？」

「正直、驚いているよ」

「ちなみに、暗証番号も知ってます。彼女さんの誕生日ですよね？」

「もしかして、今日はいてるパンツの色もばれてるのか？」

「それ、セクハラですからね」

割と真面目に怒った顔をしている。

「安心してください。お風呂とかは覗いていません」

咲太としては、覗いてもらって構わないのだが、これも口にするとセクハラだと怒られそうなのでやめておいた。

「その発想も、セクハラです」

少し照れた顔で、紗良が怒っている。

思想の自由とは案外難しい。

「話を戻すけど……姫路さんには、今、霧島透子がどこで何をしているのかがわかるのか？」

「それはわかりません」

予想と違う答えが返ってくる。先ほど紗良は見えるし、わかると言っていたのに、これはどういうことだろうか。

「誰でもってわけではないんです。見えるのは、会ったことがあって……こう、少し強めにぶつかったことがある人だけなんです」

スマホを握った手を、もう一方の手の平にぱんっとぶつける。

「なるほど、量子もつれだな」

「それ、なんですか？」

紗良が首を傾げる。その反応から、咲太にはひとつの気づきがあった。紗良は咲太が何を考えているのかはわかる。だけど、記憶が覗けるわけではない。

咲太の思考に紗良の瞳が頷いている。

「量子もつれっていうのは、ミクロな世界で起こる不思議な現象の一種だよ。それ以上は、僕もよくわかってない」

　この際、細かい理屈はたいして重要ではない。

　今、考えるべきはもっと他にある。

　紗良の思春期症候群の使い道。

　上手く利用すれば、霧島透子が何を考えているのかがわかるかもしれない。

　それは、咲太にとって願ってもない状況と言える。

「私なら、咲太先生の力になれますよ？」

「ちなみに、姫路さんには、霧島透子が見えたのか？」

　これを確認しないことにははじまらない。

「見えました。ミニスカートのサンタクロース」

　最初にして最大の問題は、あっさり解決してしまった。

「だから、私を霧島透子に会わせてください」

「それが、会おうと思って、会える相手じゃないんだよな」

　まさに、神出鬼没と表現するに相応しい人物。

「でも、咲太先生、彼女の生配信を手伝う約束をしましたよね？」

　確かにしている。あのときのやり取りも、紗良は「見ていた」ようだ。

「あれを約束と言うなら」

問題なのはその日付。

透子から手伝いを言い渡されたのは、十二月二十四日だ。

よりにもよってクリスマスイブ。

「これでわかりましたね。どうしてクリスマスイブに、私と咲太先生が一緒にいたのかが」

難しい問題が解けたかのように、紗良が喜んでいる。

対する咲太は仏頂面になるしかない。

この運命を避けて通ることはできないだろうか。それを真剣に考えてみるが、希望の光は見えてこない。麻衣とのお泊まりデートを犠牲にして、霧島透子のことが何かわかるなら、今はそちらを優先する他に道はない。

赤城郁実を介して、もうひとつの可能性の世界からあんなメッセージが届けられた以上は……。その意味がわかるまでは、突き止めるしかなかった。

「姫路さん、二十四日は予定空いてる？」

「咲太先生がどうしてもって言うなら、デートしてあげてもいいですよ？」

「寒いから、あったかい格好で来るんだぞ」

せめてもの強がりで、咲太はそう返すしかなかった。

7

「妙なことになったな」

湯船に浸かり一息つくと、咲太は無自覚に独り言をもらしていた。

水面に映る自分のふやけた顔を見るとはなしに見据える。

本当に妙なことになった。

妙ではあるが、はっきりしたことがふたつある。

ひとつは、咲太が見たクリスマスイブの夢について。どうして紗良と一緒にいたのか、その答えが出た。

もうひとつは、紗良の思春期症候群の正体について。

特に紗良の周囲で不可思議な現象は起きていないように思えていたが、起こっている現状を聞かされて納得した。

「千里眼、ね」

対象となる相手がどれだけ遠くにいても、どこで何をしていて、何を考えているのかがわかると紗良は言っていた。つまり、紗良の中だけで起きている現象。そんなものに咲太が気づくのは極めて困難だった。

だが、千里眼とはどんな感覚なのだろうか。

紗良の言葉を信じれば、今こうして風呂に入っている咲太の様子が見えるということになる。これもまた紗良の言葉を信じれば、風呂とかは覗かないようにしているとも言っていた。だから、きっと、今は覗いていない。何をやっても、何を考えても紗良にはばれないという理屈が成り立つ。

「原因がほんとに量子もつれなら……」

咲太の頭の中に、ひとつの仮説が浮かんでいた。

量子もつれに関しては、だいぶ前に理央から教えてもらっている。ある一定以上の力で衝突したふたつの粒子は、どういうわけか同じ振る舞いをするようになるらしい。一度結び付いたふたつの粒子は、どんなに距離が離れても、変わらず同じ振る舞いを維持するというから不思議で仕方がない。

もちろん、それは人の目には見えないミクロな世界での出来事。

マクロな世界に置き換えるのは馬鹿らしいと理央は語っていた。

だが、あえてその馬鹿げた置き換えをすると、どんなに離れていても、咲太の状態は紗良に伝達されていることになる。だから、紗良は咲太の見ているものが見え、考えていることがわかるのだ。

けれど、もしそうなら、その逆はどうなるのだろうか。

咲太も紗良の状態を共有できるのではないだろうか。

実はすでにしているのではないだろうか。

今はそのことに咲太が気づいていないだけ。

紗良ともつれた誰もが気づいていないだけ。

もしくは信じていないだけ。

事実とは認識してはじめて形になるものだから。

「まさかと思うけど……」

試しに目を瞑る。

当然、何も見えなくなる。

聞こえるのは風呂の換気扇の音だけだ。

他には何も見えないし、何も聞こえない。

それが当たり前で、当然の結果だ。そんな思い通りにいくわけがない。咲太の仮説が当たるはずがない。理央が言ったことならまだしも……。

そう考えた矢先、耳の奥の方で音楽が鳴った気がした。

「……」

気のせいではない。確かに聞こえている。それは、イヤホンで聞いている感覚に近い。というか、そう思ったらイヤホンそのものにしか聞こえなくなった。

流れているのは聞いたことのある歌。
霧島透子の曲だった。

目を開けると、咲太の意識は湯船の中にはなかった。
知らない部屋のベッドの上。枕をクッションにうつ伏せに寝そべってスマホをいじっている。
見ているのは、冬のおでかけコーデ。
そこには、ウキウキした気持ちがあった。
何かを楽しみにしている満たされた幸福感があった。
明確な思考もあった。
——これ、かわいい
——咲太先生、こういうの好きかな
——えー、わかんない。どうしよう
——もっといいのないかなぁ
スマホの画面を指が走る。
——どこに行くかも決めないと
——最後は先生の大学だから……
——やっぱり、途中の鎌倉かな

──だったら……

そこで、溢れる思考を遮るように、部屋の外から声が聞こえてきた。

「紗良、お風呂は？　お父さん、先に入ってもらっていい？」

「あ、待って。私、入る」

音楽を止めて、ワイヤレスイヤホンを外す。

ベッドから起き上がって見えたのは、ぱっと見でそれとわかる女子の部屋。カーテンの柄も、整頓された机の上の小物も、小さなサボテンも……。

クローゼットを開けた手が、着替えのパジャマと下着を摑む。その脇の姿見には、紗良が映っていた。

自分で鏡を見ている感覚なのに、紗良が映っていた。

はっとなって目を開ける。

「……」

そこは見慣れた家の風呂だった。

水面には相変わらずふやけた咲太の顔が映っている。

「こういうことか……」

紗良が言っていた『見える』というのは、対象となる人物が見えるわけではない。その人が見ているものが見えるということ。考えていることが、自分の頭の中にも流れているということ。

なかなか奇妙な感覚だった。

もう少し実験をしたい気もする。

だけど、紗良は風呂に入ると言っていたので、さすがに今すぐ試すのはやめておいた方がいいだろう。それに、咲太の方からも見えるようになったことは、紗良には伏せておいた方がいい。たぶん、見られたくない場面だったはずだから。

自然と、先ほどの紗良の様子が頭に浮かぶ。

紗良は随分楽しそうにしていた。

二十四日の約束を楽しみにしていた。

それは、咲太にとって望むべき姿ではある。

だが、いざその通りになると、相応の罪悪感が胸をざわつかせる。あまりいい気持ちではない。紗良の思春期症候群を利用することも含めて……思うところはあった。

「まいったな……」

だからと言って、今さら引き下がれない。

引き下がるつもりもない。

「お兄ちゃん、麻衣さんから電話だよ」

風呂の外から花楓の声が届く。

「すぐにかけ直すって言っておいてくれ」

言いながら、咲太は湯船から出た。いつもより長風呂をしたせいで、少しのぼせているのを自覚する。だが、呑気にのぼせている場合ではない。のぼせた頭でもまだまだ考えないといけないことがある。

果たして、二十四日のことを、麻衣にどう説明すればいいだろうか。

「お泊まりデートは、延期で許してくれると最高なんだけどなぁ」

風呂を出た咲太は、祈るような気持ちで麻衣に電話を折り返した。

第四章　December 24th

1

十二月二十四日。

クリスマスイブの朝、咲太がなすのに顔を踏まれて目を覚ましたのは、普段より遅い午前八時過ぎだった。

授業が一限からあれば遅刻確定の時刻。だが、咲太が受けている年内の授業は、一昨日までにすべて終わっている。次回は年が明けてから。

だから、あたたかい冬の布団に包まれて、好きなだけ惰眠を貪ったっていい。二度寝の誘惑に負けたって構わない。バイトの予定もない。それでも、咲太が起き上がったのは、大事な約束があるからだった。

「……夢で見た十二月二十四日の朝と、見事に同じだな」

八時十一分を表示する時計を確認してから、咲太は部屋を出た。

夢で見た通り、まずはなすのにカリカリをあげる。

トースターでトーストを焼きつつ、コンロに火をかけて目玉焼きと一緒にソーセージを炙った。それが出来上がると、なすのと一緒に朝食を済ませた。

食器を片付けて、洗濯機を回してからまたリビングに戻る。そのタイミングで、眠たい顔をした花楓が部屋から出てきた。これも夢で見た通り。

「お兄ちゃん、おはよう……」

「朝飯は？」

「食べる」

あくびをしながらダイニングテーブルに着いた花楓の前に、目玉焼きとソーセージ、パンダのマグカップに入れたココアとトーストを置いた。

「あれ？　ココアって言ったっけ？」

「聞いたよ」

夢の中ではあるが。

「そうだっけ？」

花楓は釈然としない様子で、ちぎったトーストをココアに浸しながら口に運んでいく。その表情は、すぐに美味しい顔に変わった。

「花楓、昼は鹿野さんと食べるんだよな？」

「私、そんな予定までお兄ちゃんに話したっけ？」

「聞いたよ」

こちらも夢の中ではあるが。実際に花楓から聞いたのは、『スイートバレット』のクリスマスライブに行くこと。一緒に行くのが友達の鹿野琴美であること。夜は藤沢には戻らず、両親い。

が待つ横浜市内の実家に帰って、クリスマスを過ごすことだけだ。昼食の話までは聞いていな

「十時過ぎには出かけるんだろ？」

「うん。お兄ちゃんは？」

「僕は昼過ぎだな」

そんな話をしていると、洗濯機がピーピーと咲太を呼んだ。

「向こう帰ったら、正月は顔出すって、父さんと母さんに言っといてくれ」

洗面所に向かいながら、花楓にそう伝える。

「わかった」

トーストを頬張った花楓のくぐもった返事は背中で聞いた。

洗濯物を干して、部屋の掃除をして、出かけていく花楓を見送ったあと、咲太は自分の準備をはじめた。

家を出たのは花楓に伝えた通りの正午過ぎ。

「なすの。留守番頼むな」

顔を洗っていたなすのは、「なー」と鳴いて咲太を送り出してくれた。

咲太が向かったのは、マンションから歩いて十分ほどの藤沢駅。ＪＲ、小田急、江ノ電が乗

り入れる神奈川県藤沢市の中心地。

咲太にとっては見慣れた駅前の景色。

しかも、今日の様子に関して言えば、夢の中で一度見ている。

クリスマスイブらしい人々の流れは、まさに見覚えがあるものばかりだ。

小さなプレゼントの袋を下げた男性。

少し背伸びした洋服を着た女性。

家電量販店前の広場で待ち合わせをする人たち。

その誰もが、どこかそわそわと落ち着きがない。

咲太もそうした中に混ざって紗良を待つことにした。

ひとり、またひとり、待ち人が現れては広場から人が減っていく。

時計を確認すると、十二時二十九分を差していた。

夢の通りなら、そろそろ紗良が現れる時間だ。

そう思った直後、咲太は後ろから声をかけられた。

「お待たせ」

ただし、想像していたのとは違う声。

でも、よく知っている澄んだ声。

疑問に思いながら振り返る。

するると、そこにはどういうわけか麻衣がいた。

頭にはキャップを被り、髪は二本のおさげにして前に垂らしている。変装用の伊達眼鏡。ダウンジャケットの中にはニットを着て、下はデニムっぽい生地のパンツスタイルだ。靴は歩きやすそうなスニーカーで、全体をカジュアルにまとめている。

「なんで、麻衣さんがいるの？」

当然の疑問を咲太は投げかけた。

「私も一緒に行くから」

麻衣も当然という顔で、とんでもない答えを返してくる。

「え？」

「私も一緒に行くからって言ったの」

「ちゃんと聞こえたから『え？』って言ったんだけど」

「私も一緒に行くから」

問答無用の一点張りだ。話が前に進まない。いや、進みようがない。麻衣にとって『一緒に行く』はもう決定事項になっている。そういう態度だ。咲太に同意を求めているわけでもなければ、相談を持ち掛けているわけでもない。「一緒に行く」はただの報告。これでは話が進むわけがない。終わっているのだから。

「麻衣さん、こないだ電話で事情を話したら、『わかった』って言ってたよね？」

「だから、こうして準備をしてきたんじゃない」

ダウンジャケットのポケットに両手を突っ込んだ麻衣が、ファッションモデルのように軽くポーズを決める。どうだと言わんばかりだ。

「うん。今日も僕の麻衣さんは最高にかわいいなぁ」

「心がこもってないわよ」

麻衣の手が伸びてきて咲太の頬を抓って引っ張る。

気持ちは本当だ。本当にかわいいと思っている。だが、戸惑いの方が大きくて、他の感情が上手く表に出せない。

この状況を、このあとやってくる紗良にどう説明すればいいのだろうか。

まったく答えがわからない。

「あの……咲太先生？」

何も思いつかないまま、真横からそう声をかけられた。

首を九十度曲げると、そこには本来の待ち合わせ相手である紗良がいた。三メートルほど距離を置いて立ち尽くしている。言いつけ通りのあたたかそうな格好で、頬を抓られた咲太と、頬を抓る麻衣をただ見比べていた。その様子は、戸惑いを通り越して、完全に困惑している。

「あっちに車止めてあるから」

咲太の頬から指を離した麻衣が、ひとりで南口の方へ行ってしまう。

「どういうことですか……？」

動揺がそのまま紗良の言葉になっている。

「ごめん。僕も今知ったんだ」

なんとか絞り出したのは、何の説明にもなっていない弁明。これ以上、咲太には語るべき言葉がない。何も隠し事はしてない。嘘も言っていない。『見えている』紗良になら、咲太が本当に戸惑っていることはわかるはず。

「咲太、早く」

十メートルほど先にいる麻衣が急かしてくる。

「悪いけど、一緒に来てくれるか？」

「は、はい」

紗良の返事は、明らかに状況に流されて飛び出したものだった。

2

ハンドルを握るのは麻衣。

「……」

助手席に咲太。

「……」

後部座席には、背筋をぴんっと伸ばした紗良が座っていた。

「……」

藤沢駅の南口を出発した車は、国道467号線を江の島方面に南下していく。このまま道なりに進めば、海沿いの道路に流れ着くルート。

その軽快な走りとは裏腹に、車内はずっと無言だった。

心地よい走行音だけが響いている。

「咲太」

そんな中、最初に口を開いたのは麻衣だった。

「ん？」

横目に映した麻衣は、前を走る車を見ている。

「彼女、困っているみたいだから、早く紹介してくれる？」

ちらっとルームミラーで後部座席を確認する。そこにいるのは、借りてきた猫のように大人しく座る紗良だ。車に乗ってからずっと、その背中をシートの背もたれにつけようとはしない。

「あのさ、麻衣さん」

「なによ」

「僕も困ってるんだけど？」

「なんで咲太が困るのよ。浮気現場を押さえられたわけじゃあるまいし」

「気分的には、そんな感じなんだけど？」

「だったら、なおさら早く紹介しなさい」

この気まずい状況を打破するには、確かにそれしかなさそうだ。

「姫路さん」

後ろの座席を覗き込みながら紗良に声をかける。

「は、はい」

緊張気味の返事。いや、紛れもなく緊張している。

「知ってると思うけど、この人は、僕の彼女の桜島麻衣さんです」

「もちろん、存じています。昨年の朝ドラも、こないだの映画も見ました。ライブハウスで歌うシーンなんて、鳥肌立ちました」

言葉遣いまで堅苦しい。読書感想文のように、紗良の発言はがちがちだ。

「ありがとう」

そんな紗良に対して、麻衣が穏やかに微笑む。

「んで、彼女は、僕が塾で担当している姫路紗良さん」

今度は麻衣に紗良のことを紹介した。

「峰ヶ原高校に通ってるから、僕らの後輩ってことになるね」

赤信号で車が止まる。

麻衣は振り向いて紗良と目を合わせると、

「はじめまして」

と、挨拶の言葉をかけた。

「こ、こちらこそ、はじめまして」

ぱちくりと瞬きを繰り返す紗良の目は、「本物だ」と語っている。本当にあの『桜島麻衣』だと。桜島麻衣が目の前にいて、動いて、しゃべっている。そうした驚きと戸惑いの感情を、紗良の表情から容易に読み取ることができた。

「紗良さんって呼んでもいいかしら？」

「は、はい。大丈夫です」

「私のことも名前でいいからね。名字は長いから」

「はい」

「姫路さん、気を付けてな。僕も前にそう言われて『麻衣』って呼び捨てにしたら、キレられたから」

「別にキレてないわよ」

「でも、怒ったよね？」

「怒ってない。あれは、礼儀がなっていない生意気な後輩に対するただの躾よ」

「ほら、こうなるから」

咲太が振り向いて話しかけても、紗良からの返事はない。半開きになった口でかろうじて笑っている。見事な半笑いだ。麻衣を目の前にして、咲太の言葉を肯定できなかったのだろう。咲太と麻衣の遠慮のないやり取りに、ただただ面食らっているだけなのかもしれない。その可能性の方が高いだろうか。そんな気がする。

未だ困惑の中にいる紗良に、

「咲太って、塾でちゃんと先生できてるの?」

と、麻衣は構わずに自然体で話しかけた。

「意外と生徒には慕われてると思うなぁ」

「咲太には聞いてない」

「えー」

不満を訴える咲太を無視して、麻衣はルームミラー越しに「どうなの?」と改めて紗良に聞いている。

「えっと、意外と生徒に慕われていると思います」

「本当に?」

どこか信じられないというニュアンスが、麻衣の確認の言葉には含まれていた。だが、ここで口を挟むと、今度は「咲太は黙っていなさい」と叱られるだろう。そんな姿を、教え子に見せるのもなんなので、咲太は大人しく黙っていることにした。

「本当です。私の他に、山田君と吉和さんって生徒もいるんですけど、ふたりからも相談を受けたりしてますので」

「勉強の？」

そう追及したのはもちろん麻衣だ。

「主に恋愛相談というか……山田君からは彼女の作り方とか聞かれています」

言っている途中から紗良は笑っていた。少しは緊張が解れてきたようだ。

「咲太、塾で何を教えてるのよ」

「僕は数学を教えたいんだけどね」

それなのに、なぜか、生徒から聞かれるのは色恋沙汰ばかりだ。

「でも、そっちの話が多いのは、麻衣さんのせいだと思うな」

桜島麻衣と付き合っていると知れば、誰もがそっち方面にばかり興味を抱く。数学なんてどうでもよくなる。それは仕方のないことだ。

「人のせいにするな」

赤信号にまた捕まる。すると、車を停止させた麻衣の手が横から伸びてきて、咲太の頬を遠慮なく抓ってきた。

「いたいいたい！　あ、ほら、麻衣さん、もう信号変わったから」

前方を指差して、青信号をアピールする。

麻衣の手は離れていき、前の車に続いて、麻衣はアクセルを踏み込んだ。

「おふたりは、いつもこんな感じなんですか？」

「こんな？」

麻衣が聞く。

「どんな？」

一瞬遅れて咲太も続いた。

「そんな息ピッタリな感じのことです」

困った顔で紗良が教えてくれる。

「普段はもっと仲良しだよ」

「生徒の前で変なこと言わないの」

言葉では注意を促しながらも、麻衣は笑っていた。仲良しであることについても、わざわざ否定しなかった。

紗良はますます困った様子で口を噤んでいる。ふたりの間に上手く入る手段がない。そういうもどかしさを感じた。

そんな紗良とは対照的に、車は順調に走り続ける。左手に見えてきた湘南モノレールの駅前を通過した。湘南江の島駅だ。右手側には、江ノ電の江ノ島駅前の踏切が見えている。丁度、藤沢行きの電車がその踏切を横切っていく。

走る車の中からは、そうした景色もすぐに見えなくなった。

さらに走り続ける車は道なりに進んで、やがて交差点にぶつかった。ここで交差するのは道路と歩道だけではない。江ノ電の線路も含まれる。人も車も電車も通る道。その両脇には商店と民家が立ち並んでいる。次の腰越駅まで続く江ノ電で唯一の路面区間。昔、路面電車だった名残。電車優先のこの道は、長年この街に暮らす人々の協力によって守られてきた。それが、あたたかい景色を作り出している。

そんな情緒溢れる穏やかな街並みも、車で走るとすぐに通り過ぎてしまう。

腰越駅に入っていく線路とも駅前でお別れだ。

電車は線路を進み、車は道路を進む。

目の前には真っ直ぐに伸びる道。

両サイドには『しらす』や『生しらす』の看板やのぼりが目立つ。それが途切れたと思ったら、車は海沿いの道に出た。

海岸線をずっと走る国道134号線。

鎌倉、逗子方面にハンドルは切られる。

運転席側に見えるのは、きらきらと太陽の光を反射して輝く冬の海。斜め後ろには、江の島も見えている。

それに気を取られていると、咲太が座る助手席側に緑とクリーム色の短い電車が飛び出してきた。民家に挟まれた狭い線路から抜け出した車両は、速度を上げて車と並走する。

左に江ノ電、右に海。その真ん中を並んで走れるのは車ならではの特権だ。

見たことある景色のはずが、見たことのない景色に見えた。

そのまま、鎌倉高校前駅までは緑とクリーム色の車両と一緒だった。

駅に停車する電車を置き去りにして、車はさらに進んでいく。

しばらく進んだところで、また赤信号に捕まった。

止まったのは、峰ヶ原高校前の信号。

咲太と麻衣の視線は、自然と海沿いに立つ母校の校舎に向かった。

「車の中からだと、懐かしいって言うより、なんか新鮮ね」

「ですね」

飽きるほどに通った場所なのに、不思議と見慣れない印象がある。

「あ、そのお茶、紗良さんにあげて」

思い出したように、麻衣がドリンクホルダーに挿さったペットボトルのお茶を指差す。二本ある。そのうちの一本を、咲太は引っこ抜いた。

まだほんのりあたたかい。

「はい、これ」

咲太が差し出すと、伸びてきた紗良の手が「ありがとうございます」と言って摑んだ。

「麻衣さんは？」

お茶はあと一本ある。あと一本しかない。

「咲太の一口ちょうだい」

残った一本のキャップを捻って、咲太は麻衣に渡した。信号を気にしながら、麻衣が一口飲む。「ありがと」と言いながら、ペットボトルを咲太に返してきた。

キャップをはめて、ドリンクホルダーに戻しておく。

その間、後部座席から紗良の視線を感じていた。車に乗ってからずっとそうだ。何か話しかける機会を探している。窺っている。でも、それがなかなか見つからなくて困っている。いつもの人懐っこさも、おしゃべりもすっかり鳴りを潜めていた。

信号が青に変わって、車はまた海沿いの道を走り出す。

学校の方を見ると、校舎に向かって歩く何人かの生徒が見えた。

「クリスマスも部活やってんだな」

「部活で思い出しましたけど……咲太先生、今週、吉和さんに会いましたか？」

やっと話題が見つかった紗良は、身を乗り出して話しかけてきた。

「昨日、会ったよ。振り替えの授業をしたから。ビーチバレーの大会、準決勝で負けちゃったんだってな」

それでも、三位決定戦には勝利し、全国三位に輝いたのだから大したものだ。

「しっかり、日焼けしてましたね」

「気温が高くて、水着のユニフォームでプレーするチームが多かったって言ってたな」

咲太が聞く前に、言い訳でもするように、樹里の方から教えてくれた。必死に、一生懸命に、日焼けした顔を別の意味で赤くして……。

「何の話？」

ふたりの言葉に何か含むものを感じたのだろう。麻衣が怪訝な顔をする。

「その吉和さんって、ある男子に片思いをしてるんです。でも、その男子は、私のことが好きで……だから、咲太先生、振り向かせるために、彼女にとんでもないアドバイスをしたんです」

紗良の口調は明らかに面白がっている。麻衣の前で、咲太の秘密を暴露することを楽しんでいる。それで何か起これればいいと期待している。

だが、そんな紗良に対して、

「咲太のことだから、どうせ、水着の日焼け跡でも見せればいいって言ったんでしょ？」

と、麻衣はなんでもないことのように言ってのけた。

「すごい。正解です……」

まさかの的中に驚いたのは紗良だ。これほどぴったり答えを言い当てられるとは思っていなかったはず。普通に考えたら、かすりもしないような答えだ。

「さすが、麻衣さん。僕のことよくわかってる」

「咲太が言いそうなことだしね。でも、言う相手は選びなさいよ？」

「……おふたりは、本当の恋人同士なんですね」

諦めたように、紗良がようやく背中をシートに預ける。「はぁ」と無意識に吐息がもれていた。

「なぁに、それ？　嘘だと思ってた？」

ハンドルを握ったまま、麻衣がおかしそうに微笑む。

「いえ、その……すごく仲がいいなって意味で。咲太先生も、塾では見せない顔をしてますし」

「そうか？」

「ずっとデレデレしてます」

ルームミラーを見ると、そこには拗ねたような紗良がいた。いつもより子供っぽい表情。年相応の表情とも言えるのかもしれない。

その紗良と鏡の中で目が合うと、露骨に視線を逸らされた。

「咲太、私のこと大好きだもんね」

紗良の不機嫌を知ってか知らずか、麻衣は楽しそうに車を走らせる。いや、麻衣は絶対にわかっている。わかっていて、笑っている。わかっていて、わざわざ紗良が気にする言葉ばかりを選んでいる。

この状況で、咲太は何をするのが正解なのだろうか。

模範解答があるのなら、ぜひ教えてもらいたい。

彼女同伴で、塾の教え子とデートをする方法を……。

車は由比ヶ浜沿いをしばらく走ったあと、滑川手前の交差点を左に曲がった。

道路の案内板によると、その方向にあるのは鎌倉だった。

3

鎌倉駅近くの駐車場に車を止めると、

「こっちよ」

と、麻衣は迷うことなく来た道を引き返すように歩き出した。

「麻衣さん、どこ行くの？」

「ついてくればわかる」

少なくとも、今のところは何もわからない。皆目見当もつかない。わかっているのは、鎌倉らしい鎌倉とは別の方向に歩いているということ。たくさんの魅力的な商店が立ち並ぶ観光客に人気の小町通りや、鎌倉を代表する鶴岡八幡宮からは遠ざかっている。

「あんまり、こっちの方には来ないですよね？」

見慣れない景色に、咲太の隣を歩く紗良もそう言っていた。

「着いたわよ」

麻衣がそう告げたのは歩き出して、三分ほどしてから。

立ち止まったのは、シンプルでおしゃれなあたたかみのある外観の店の前。歴史ある鎌倉にしては明らかに新しい店舗だ。

「麻衣さん、ここは？」

看板のアルファベットを読むと『モンブラン』と書いてある。

「霧島透子さんへの手土産にと思って。紗良さんに心を読んでもらうにしても、一度強めにぶつからないといけないんでしょ？」

「なるほど、モンブランで気を引いた隙に、ごつんと」

「どれくらいの強さでぶつかればいいの？」

咲太の後ろに隠れた紗良に、麻衣が覗き込んで話しかける。

「えっと……」

紗良が自分の手を少し強めにぱんっと叩く。

「これくらいで平気です」

気合の入った拍手くらいの強さだ。

「ぶつける場所は？」

「どこでも大丈夫です」

「それなら、そんなに難しくなさそうね」

「モンブランをゲットする方が、大変そうなんだけど」

店の前には、ちょっとした行列ができている。よくよく考えれば今日は十二月二十四日。クリスマスイブ。街にカップルが溢れる日。鎌倉にだってたくさんやってくる。

並んでいるのはざっと十五組。一組一分で数えても十五分はかかる。店の中を覗いた印象では、一組一分では終わりそうにない。注文を受けてから、ソフトクリームのように餡を絞るタイプのモンブランのため、会計も合わせると三十分はくだらないだろう。

「じゃあ、咲太は並んでて」

「麻衣さんは？」

「私がいると迷惑になるから、のどかに頼まれた鳩サブレーとクルミッ子を買いに行ってくる。紗良さんも借りていくわね」

「え？」

「え⁉」

咲太と紗良の驚きが重なる。

「ほら、早く」

ふたりが驚きから覚める前に、麻衣はすでに歩き出していた。

「じゃあ、行ってきます」

自らの意見を言うチャンスを失った紗良は、小走りで麻衣の背中を追いかけていった。

「大丈夫かなぁ」

列の最後尾に並ぶと、当然のように心配が押し寄せてきた。

もちろん、心配なのは紗良の方だ。

麻衣が無茶をするとは思っていない。思ってはいないが、この状況はすでに無茶とも言えるのではないか。少なくとも日常の一コマとは到底思えないだろう。一生に一度あるかないかの出来事の中に紗良はいる。

咲太でさえ、まさか麻衣が現れるとは夢にも思わなかった。夢にも見なかった。

突然訪れた非日常だし、その現実は『#夢見る』とも大きくずれている。もはや、予知夢は何の役にも立たない。

今、役に立つものがあるとすれば、それは千里眼の方だ。

恐らく、この瞬間なら紗良には気づかれない。

麻衣とふたりきりになって、咲太を気にしている余裕などないだろうから。咲太を見ている余裕などあるはずがないから……。

モンブランのメニューを見ながらも、咲太は感覚を遠くに飛ばした。もつれた意識の糸を暗闇の中で探り当てる。見つけて、意識の手を伸ばして……そして、しっかりと捕まえた。

すると、見えていないはずのものが見えた。

ここにはいない麻衣の背中が見えた。

それは、紗良が見ている麻衣の背中だった。

参道を麻衣が歩いている。
その後ろから同じ速度で紗良がついて行く。
真っ直ぐ進むと鶴岡八幡宮にたどり着く鎌倉の目抜き通り……若宮大路だ。
数十メートル先には、冬の空の下に朱色が映える二の鳥居が見えている。
だが、紗良の目が見ているのは別のもの。
歩き出してからずっと麻衣だけを見ていた。
——私、なにやってるんだろ……
紗良の思考が聞こえる。
——今頃、咲太先生と鎌倉にいるはずだったのに
——小町通りで着物レンタルして
——かわいいって絶対に言わせて

――写真撮ってもらって
――一緒にも撮って
――お団子食べて
――さくら貝のアクセサリーを見に行って
――咲太先生に選んでもらって
――お土産に買ってもらって
――それから、竹のお寺でお茶して……
――いっぱい予定考えてきたのに、全部台無し
――これじゃあ、全然こっち見てもらえない
――この人がいるから

怒濤の思考が流れてくる。

不満を込めた紗良の視線は、ずっと麻衣の背中に突き刺さっている。

それに麻衣は気づかない。いや、麻衣なら気づいていても気づかないふりができる。国民的知名度を誇る人気女優の演技力は伊達ではないから。

紗良の視界を通して見える今の麻衣が、どちらなのかは咲太にもわからなかった。ただ、恐らく気づいているだろうと咲太は思った。そういうことが全部わかった上で、麻衣は今日待ち合わせ場所にやってきたのだろうから。

——でも、いいなぁ

——背、高くて

——髪ツヤツヤで

——顔小さくて

——肌なんて透き通ってて

——足長くて

——スタイルよくて

——綺麗で

——かっこよくて

——どうして、こんな人が、咲太先生と付き合ってるんだろう

麻衣のことばかりと思ったら、咲太も連鎖的に巻き込まれた。だが、不意を突く疑問にも咲太が動揺することはない。こんなのはいつものことだから。未だに、大学に行けばそういう意図の視線を感じる。毎日のように。

「紗良さんは、鎌倉のお土産、何が好き？」

「え？　あ、クルミッ子は、私も好きです。箱と包みもかわいくて」

「私も差し入れによく買うの」

——そうじゃない。そうじゃなくて……

「……あの、ひとつ聞いてもいいですか？」

「ひとつじゃなくてもいいわよ」

「どうして、咲太先生なんですか？」

——これ、聞いても大丈夫だよね？

紗良が立ち止まる。

それに気づいた麻衣も足を止めて振り向いた。

「どうしてって、どうして？」

——それは……

「咲太先生と麻衣さんじゃ、釣り合ってないと思うからです」

「私じゃあ、咲太先生の恋人に相応しくない？」

「もちろん逆です。麻衣さんは、もっとかっこいい俳優さんとか、人気のアイドルとかと付き合えますよね？」

——きっと、みんなが麻衣さんと付き合いたいって思ってる

「紗良さんは、かっこいい俳優さんや、人気のアイドルと付き合いたいんだ？」

——麻衣さんは違うの……？

「みんな、そう思ってますよ」

「付き合ってどうするの？」

――え？

「……」

――どうするってなに……？

「友達に自慢するとか？」

先に答えを導き出したのは麻衣の方だ。

――そうだよ。するよ。自慢。だって……

「……いけませんか？」

「いいんじゃない？　自慢の恋人なんだし、ちょっとくらい自慢したって」

「……」

再び、紗良が言葉に詰まる。

――いいの？

――でも、いいって言われたのに、どうしてだろう、この感じ

無意識のうちに、紗良は胸に手を当てていた。

――どうして、嫌な気持ちになるんだろう

「『いけない』と思っているのは、紗良さんの方なんじゃない？」

今度もまた麻衣からの鋭い指摘だった。その通りなんだと思う。正しく言葉にはできないけれど、後ろめたさがあるから、紗良は「いけませんか？」と聞いてしまっていた。自分の中の

不安を吐き出してしまいたかったから。

――そんなこと、ない。そんなこと……！

紗良は自分の思考を必死に否定しようとする。違うと言い聞かせることで、自らを鼓舞しようとしていた。何かを懸命に守ろうとしているようでもあった。それは、たぶん、今日まで築き上げてきた自分自身。その価値観を、間違いだったと認めるわけにはいかない。

だから、麻衣の言葉に、紗良は納得しない。できない。するわけにはいかない。まだ、麻衣に聞きたいことを何も聞けていない。こんなところで、引き下がれないのだ。

「……そんなことないです」

やっとの思いで紗良が形にした言葉には、明らかに反発の感情が乗っていた。だが、それすらも麻衣の手のひらの上。完全に乗せられている。気持ちを引っ張り出されている。

少しは手加減をしてあげてほしい。相手は高校生。それもまだ一年生。だが、そんな咲太の祈りは麻衣には届かない。離れた場所にいる咲太には届ける手段がない。

「紗良さんはどうして咲太を先生に選んだの？」

「それは……」

突然の質問に、紗良が返答に困る。

「『桜島麻衣』の恋人だから、ちょっとからかってみようと思った？」

「……」

紗良の頭の中が真っ白になる。びっくりして、思考が全部飛んでいた。

「どう？　咲太の気は引けそう？」

何も言い返せない紗良は、じっと麻衣を見つめている。目を逸らせずにいた。

──ほんと、綺麗な顔

この状況で、紗良が最初に思ったのはそんなこと。

──こんな恋人がいるんじゃあ、仕方ないよね

次に思ったのはそんなこと。

「それ、無理だと思って聞いてますよね？」

──なのに、どうして……？

「そうね」

あっさりと麻衣は認めた。

──どうして、私……

「でも、これまでに目を付けた人は、みんな私のことを好きになってくれました。彼女がいる人でも」

──こんなに、むきになってるの？

「だけど、その人の恋人は、私じゃなかったでしょ？」

麻衣の態度は揺らがない。まったくぶれない。

「……」

「その人は咲太じゃなかったでしょ？」

むしろ、しゃべるたびに、どんどん強固になっている。

「……でも、わからないじゃないですか」

——もういいよ、私。もう、やめよう。やめて……。

「そうかもしれないわね。決めるのは咲太なんだし」

——わかったから、もうやめて……これ以上は、私が私じゃなくなる……！

悲鳴にも聞こえる紗良の心の声が、痛みを伴って響いてくる。あと一言でも麻衣が何か言えば、ひび割れてしまいそうだ。けれど、そうはならなかった。

「ごめん。話が逸れたわね」

このタイミングで、麻衣の方から一歩引いたのだ。

「聞かれたのは、どうして咲太なのか……だったわね」

「はい……」

なんとか絞り出した紗良の声は、殆ど聞き取れなかった。

「咲太って、私のわがままをなんでも聞いてくれるのよ。ちゃんと文句を言いながら。芸能の仕事をしていると、急な予定の変更があったり、ふたりで堂々と表を歩けないこともあったりするから、そういう咲太の態度には助けられてる。気楽でいられるの」

なんでもないことのように、麻衣が語り出す。

「それが、理由ですか？」

紗良は釈然としない様子だ。

それもそのはずだ。恐らく、麻衣の話には続きがある。まだまだ長い続きが……。今のは枕詞のようなものに過ぎない。

「あとは、私の料理をいつも美味しいって言ってくれるから。一緒に料理をするのも楽しいから。それをふたりで食べてる時間も好きだから」

「……」

紗良の心は疑問に包まれていた。何を聞かされているのかがわかっていない。

「『好き』ってちゃんと言葉にしてくれるから。ちょっと言い過ぎなときもあるけど」

何かを思い出すように、麻衣がくすっと笑う。

――わかんない。全然、わかんない

その麻衣は、自分に向けられている紗良の戸惑った視線に気づいた。

「理由なら他にもたくさんあるわよ。たぶん、数えきれないくらい。『ありがとう』と『ごめん』をちゃんと言えるとか、助けてくれる友達がいるとか、友達想いだとか。妹の花楓ちゃんを大事にしてるとか。猫のなすのを可愛がっているとか。それから、塾の生徒を心配してるとか、ね」

「それ、私のことですか？」

「咲太の心の中を覗けるならわかるでしょ？　今日、ずっと紗良さんのことばかり気にかけてた。私を差し置いてね」

「……」

——そうだ。ずっと心配してた。心配してくれてた。咲太先生は……

「そうやって、誰かのために一生懸命になれる人だから。それを自分のためだって、言い張る人だから。そういうひねくれたところも……面倒くさいって思うことはあるけど、嫌いじゃないんだと思う」

晴れやかに麻衣が微笑む。あたたかい眼差しがそこにはあった。

——でも、私は心配してほしいんじゃない。私がしてほしいのは……

「今ので少しは答えになったかしら？」

「……」

紗良は「はい」とは言わなかった。迷いと戸惑いは、まだ紗良の表情には残っている。

「この手の気持ちを、全部言葉で説明するのって難しいわね。何のために付き合っているかなら、今は簡単に言えるのに」

その言葉に、紗良が顔をあげる。答えを求めるように麻衣を見据えていた。

「……それはどうしてですか？」

紗良の質問に麻衣の表情が緩む。やさしい目をしていた。

誤魔化しや躊躇いからではない。麻衣が先ほど言った通りだ。簡単に言えるから。もう答えは出ているから。きっと、それは咲太と同じ答えに違いない。

「私が咲太と付き合っているのはね。ふたりで幸せになるためよ」

想いを噛み締めるように、麻衣はゆっくりそう告げて微笑んだ。そのあとで、

「そう思えるたったひとりの人だから、咲太を選んだのかもしれないわね」

と、今、思いついたことのように、自然とそう付け足した。それは、曖昧だった感情の答えになっているように思えた。

「……」

紗良が言葉を失う。想像していたどの言葉とも、感情とも違っていたから。思いもよらないあたたかさが麻衣の短い言葉の中から溢れ出してきたから。

――なに、これ

ぬくもりに包まれて。

――こんなの知らない

飲み込まれて。

――こんなの……

溺れていく。

――全然、知らないよ

「まぁ、今でも十分幸せなんだけど」

穏やかに麻衣が笑う。それはまさに幸せを感じさせる微笑みだった。

「……」

まだ紗良の言葉は出ない。感情が形にならない。

――無理……

それでも心は、静かに動き出して……。

――こんなの無理……

「嘘だと思うなら、確かめてみる？」

「……え？」

「私の心を覗いて」

握手でも求めるように、麻衣がすっと手を差し伸べる。

「そうすれば、全部わかってもらえるんじゃないかしら？」

反射的に、紗良は手を出して応えようとした。でも、自分からそれ以上距離を縮めようとはしない。

――どうしよう……

紗良の指先は震えていた。明らかに迷っている。

――どうしたらいいの……？

誰にともなく答えを求める。

けれど、誰も答えなどくれない。

答えはいつも自分で導き出すしかない。

誰かの出した答えは、その誰かの答えでしかないから。

麻衣が紗良に手を伸ばす。

――待って

ふたりの指先が触れるまであと五センチ。

――待ってよ

三センチ。

――待ってって

二センチ。

――だから……

あとほんの少し。

「いやです……！」

声とともに、紗良が手を胸元まで引っ込めた。それを、もう一方の手で大事そうにぎゅっと握り締める。それは、大切な何かを守ろうとしているように見えた。

――知りたくない！

紗良の激しい拒絶が咲太の頭の中に響く。感情の棘が胸を突き刺してきた。

――勝てるわけないよ……こんな人に、勝てるわけない……！

直後、ぶつっと電話が一方的に切られるみたいに、見えていた映像が見えなくなった。聞こえていた声が聞こえなくなった。

もう一度試してみても、ダメだった。

二度と紗良には繋がらない。どこで何をしているのかはわからない。今、何を考えているのかもわからなくなった。

「はい、次の方……大変お待たせしました」

モンブランのメニューを持った店員が咲太を見ている。その笑顔を見て、ぼんやりしていた意識がようやく戻ってきた。

4

カウンターの奥で、咲太が頼んだしぼりたてのモンブランが、テイクアウト用の箱にひとつずつ丁寧に入れられていく。

会計を先に済ませた咲太が、出来上がりを今か今かと待っていると、

「あの、失礼ですが……梓川さんでいらっしゃいますか？」

と、レジにいた別の店員に恐る恐る声をかけられた。その手には電話が握られている。

「そうですけど……？」

見知らぬ相手に突然名前を呼ばれると、さすがにドキッとする。一体これは何事だろうか。

「今、お連れ様から店に電話がありまして……」

理由を説明する店員も困惑気味だ。こんなケースははじめてだから、明らかに対応に慣れていない。

「あ、すみません。スマホ、忘れてきたから」

持っていないと言うとまた余計な話が増えるため、咲太は堂々と嘘を吐いて、店員が差し出してきた電話を受け取った。小型の子機は、一昔前の携帯電話と似たような形をしている。

「はい。かわりました」

受話器に向かって話しかける。

「咲太？」

聞こえたのは耳馴染みのある声。

「麻衣さん、どうしたの？」

「ごめん。紗良さんがいなくなっちゃって」

「は？」

「お土産選んで、お会計しているうちに、どこか行っちゃったのよ。その辺は探したんだけど、見つからなくて」

突然のことに、麻衣はいつもより早口になっている。

「麻衣さん、今どこ？」

「鳩サブレーの本店前」

ここからだと、若宮大路に出て真っ直ぐ鶴岡八幡宮に向かう途中。急げば十分ほどの距離。

「じゃあ、そこにいてください。そっち行くんで」

「ごめん」

「すぐに見つかりますって」

そう言って咲太は電話を切った。それから、店員に断りを入れてから、借りた電話で覚えて間もない番号に電話をかける。紗良の携帯番号だ。

一度目のコールに反応はない。

二度目のコールにも無反応。

三度目が鳴り終わったタイミングで、電話は繋がった。

「……」

受話器の向こうに無言の気配を感じる。周囲の雑踏も、近くに聞こえる。

「姫路さん？　僕だけど」

だが、呼びかけの途中で、電話はぶちっと切られてしまう。その瞬間、はっと息を呑むような音がした。

めげずにもう一度かけてみる。

「……」

けれど、今度はいくら待って繋がらない。やがて、「ただいま電話に出ることができません」という事務的なアナウンスが流れてきた。

これでは何度かけても結果は同じだろう。

咲太は店員にお礼を告げて、電話を返した。

「すみません。モンブラン、あとで取りに来るので、しばらく置いておいてください」

「あ、はい。構いませんが、あまりお時間がかかるようですと……」

店員が言い辛そうにしている理由はわかる。賞味期限が短いからだ。並んでいてわかったことだが、この店は前に咲太が透子にモンブランを奢った店の姉妹店に当たる。つまり、この店のモンブランも賞味期限は二時間しかない。

「すぐに戻りますので」

そう言って、咲太は手ぶらで店から駆け出した。

クリスマスイブの鎌倉は、どこも人がいっぱいで、それは大通りの若宮大路も当然同じだった。むしろ、先に進むにつれて、人が増えていく一方だ。

麻衣の元に向かいながら、紗良の姿を捜して歩く。だが、真っ直ぐ前に進むのも困難な人の流れの中で、たったひとりを見つけるのは不可能に思えた。

結局、紗良は見つからないまま、目的地にたどり着いてしまう。

和風の白壁が目を引く鳩サブレーの本店前。新しさと鎌倉らしさが融合したデザインの建物。黒で書かれた『鳩サブレー』の文字が一際目を引く。

咲太を見つけた麻衣が駆け寄ってくると、改めて「ごめん」と言ってきた。

「ちょっと言い過ぎたかも」

バツが悪そうな口元は、素直に反省している。

「麻衣さん、この辺で着物がレンタルできる店ってわかる？」

「小町通りに何軒かあったと思うけど……」

そう言いながら、麻衣はスマホを出して検索する。

「ほら、やっぱり」

表示された小町通りの地図には、三、四箇所にピンが立っていた。

「僕はそこを見てくるんで、麻衣さん、近くの団子屋と、さくら貝のアクセサリーの店を探して行ってみて」

「団子屋に、さくら貝のアクセサリーね」

「確認したら、またここに集合で」

麻衣は理由を聞かずに、ただ「わかった」と言ってくれた。

ぱっと見でだいたいの場所を覚えた着物レンタルの店を、咲太は一軒ずつ回った。たくさんの店が立ち並ぶ人気の小町通りは、カップルや家族連れでごった返していて、時々立ち止まらないといけないほどだった。

目的の店に苦労してたどり着いても、紗良の姿は見当たらない。クリスマスイブということもあってか、どの店に行ってもカップルが着付けに並んでいた。

ようやく手がかりを摑んだのは三軒目。

ひとりで来る客は珍しいからと、店の人が紗良らしき人物のことを覚えていた。つい五分ほど前に着付けを終えて、店を出て行ったらしい。

一足遅かった。

咲太は店の人にお礼を言ってから、小町通りに飛び出した。

周囲を見渡すが、紗良は見当たらない。五メートル先の視界も怪しいほどに、人で溢れ返っている。

うっかり目を離せば、大の大人でもはぐれてしまいそうだ。

近くの店を見て回りながら、咲太は戻ることにした。

そろそろ麻衣も戻ってきているはずだ。

その予想は見事に的中し、咲太が鳩サブレーの本店前に到着すると、反対方向から麻衣がやってきた。

すぐに首を横に振る。

「咲太の方は？」

「着物のレンタルはしたみたい」

「なら、まだこの辺にいるのかしら？」

「たぶん……」

あと手がかりになりそうなもの。他に紗良が考えていたのは……。

「麻衣さん、竹のお寺って心当たりある？」

「報国寺のこと？」

「場所わかる？」

「歩くと結構距離があったはずよ？　荷物もあるし、車の方がいいわね」

言い終える前に、お土産の袋を下げた麻衣はもう駐車場の方へと歩き出していた。

「麻衣さん、それ」

隣に並ぶと、咲太は大きい方の荷物を引き受けた。

黄色と白の紙袋の中には、黄色い大きな缶が入っている。鳩のマークの鳩サブレーだ。

「それ、お正月、実家に帰るときに持っていって」

「麻衣さんは来ないの？」

「もちろん、一緒に行くけど。新年のご挨拶に」

そのあとは、ふたりとも無言のまま、とにかく駐車場に急いだ。

車に乗るまで約十分。車に乗ってから約十分で、目的地のお寺は見えてきた。入口近くの駐車場には、びっしり車が止まっている。

「駐車場、そこいっぱいだから、咲太は降りて先に行ってて」

後続車がないことを確認してから、ドアを開けて外に出る。その瞬間から、周りの空気は違っていた。若宮大路や小町通りの喧騒はどこへやら。

アスファルトの上に落ちた砂利を踏む音が、やけに大きく聞こえた。

とにかく急ぎ足でお寺の門をくぐり中に入る。

すると、また一段と静けさが増した。

ただ、静かなだけではない。静謐な空気。一歩前に進むたびに、気持ちは落ち着き、心が洗われていく。

咲太の歩調は自然と緩やかになっていた。

急ぐことを許さない厳格な雰囲気がある。

時間の流れる速さが外とは違うように思えた。

そんなことを感じながら敷地内を進むと、目の前に高く聳える竹林が咲太を出迎えた。冬の寒さが深まる中でもなお青々として、たくましいほどの生命力を感じる。

視線は吸い込まれるように上を向いた。

竹の葉の隙間から、太陽の光がわずかに差し込んでいる。きらきらと葉と竹に反射して輝いている。水の底から水面を見上げているかのような感覚。とても神秘的で、まるで別世界に迷い込んだような錯覚すらあった。

左右と天井を竹に覆われた細い道の真ん中に、咲太と同じように空を見上げるひとりの人影が見える。着物を着た後ろ姿。竹林とも相まって、幻想的な景色を作り出している。

一瞬、知らない人かと思ったが、それは違った。

白と赤の花柄の着物。髪もそれに合わせて結っている。

彼女こそ、咲太が捜しに来た人物だった。

「クリスマスに眺める竹もいいもんだな」

さしずめ竹のツリーだ。

かんざしを揺らして、紗良が振り返る。

「咲太先生、なんで……?」

「捜してほしいなら、次からもうちょっと簡単な場所にしといてくれな」

カンニングをしていなければ、この場所にはたどり着けなかったと思う。紗良を見つけられなかったと思う。

石畳の上を、一歩ずつ紗良に近づいていく。

「来ないでください……！」

あと三歩というところで、紗良は取り乱したように逃げ出していく。

「そんな格好で走ると……」

咲太が「危ないぞ」と言い終える前に、紗良は石畳に履物を引っかけて、子供みたいに両手と両膝をついて転んだ。

「いった……」

すぐに側に駆け寄って声をかける。

「大丈夫か？」

手を貸して、立ち上がらせた。

「……着物、少し汚しちゃいました」

気持ちも俯いたまま、紗良が着物の膝を手で払う。

「そうじゃなくて、ケガしてないか？」

勢いよく地面についた手のひらは、赤くなっている。幸い、擦りむいたり、血が出たりはしていない。くっついていた砂利は、咲太が払ってあげた。

「なんで……！」

その「なんで」は、先ほどの「なんで」とは恐らく別の意味。

「そりゃあ、教え子が迷子になったら必死に捜すだろ」

違うとわかっていながら、咲太は最初の「なんで」に答えた。

「そうじゃないです……！」

なんで、急にいなくなったことを怒らないのか。

なんで、何も聞いてこないのか。

そういうことを紗良は聞いているのだ。

だが、そんな話は無意味だと咲太は思った。その答えがわかったところで、紗良は救われない。だから、咲太は咲太がするべき話を続けた。

「そろそろ、作戦も考えておきたいしな」

「作戦……？」

咲太の突然の言葉に、紗良がわからないという顔をする。

「姫路さんが、霧島透子にごつんと頭をぶつけるための作戦だよ」

本来の目的を咲太が口にすると、紗良の表情は明らかに曇った。

「ぶつけるのは頭じゃなくていいって、私、言いました……」

視線を逸らして、自信なさそうに言ってくる。

「じゃあなんで、僕のときは頭だったんだ？」

以前、紗良と頭をぶつけたことがある。あれは、まだ紗良が咲太の生徒になる前。

「あのときだろ？　僕の心が見えるようになったのって」

「あんなに勢いよくぶつかるつもりはなかったんです。咲太先生、よく覚えてますね」

「なかなかの石頭だったから、忘れられなくてな」

「それは、忘れてください……」

紗良の声が小さくなる。

「んで、作戦だけど……僕がモンブランの箱を開けて、霧島透子に渡すからさ。彼女が中身を覗き込んだときに、ごつんとやるってのはどうだ？」

「……あの、先生」

「どうやってぶつかるかは任せるから」

「……ダメなんです」

「そっか、ダメか。じゃあ、プランBを練らないとな」

風が竹を揺らす。竹の葉がこすれて、ざわめき出す。

「そうじゃなくて……！」

咲太を遮るように、紗良は感情を吐き出していた。

「ダメなんです。もう……」

「……」

「もう、何も見えないんです……」

掠れて消えそうなか細い声。

「もう、何も聞こえないんです……」

紗良はただただ申し訳なさそうに俯いていた。

「聞こえないんです……咲太先生の心の声が。山田君の声も、吉和さんの声も、他のみんなの声も全然……だから、恐くなって逃げ出したんです。ごめんなさい……」

「もう一度、頭をぶつけてみるか？」

おでこを出してみたが、紗良は顔を上げなかった。俯いたまま、咲太の胸におでこを弱々しくぶつけてくる。こすりつけるみたいに。

「どうして……どうして、聞こえないんですか……！」

二度、三度とおでこを離して打ち付けてくる。

二度目は、一度目より強く。三度目は二度目よりも強く。

「どうしてなんですか……！」

その問いの答えを、恐らく紗良はもうわかっている。麻衣と話しているときに、気づいたはずだ。自分の気持ちに。自分が何を求めていたのかに……。

四度目の前に、咲太は熱を測るみたいに、紗良のおでこを手で受け止めた。

「はなしてください……」

「あんまり頭をぶつけて、馬鹿になったら大変だろ」

「でも……」

「よかったよ」

「何もよくないです！」

紗良は声を裏返して反発する。

「思春期症候群が治ったなら、よかった」

それに、咲太は普段通りの口調で答えた。

「全然よくないです！　これじゃあ、咲太先生の役に立てない！」

「いいんだよ」

「私は、咲太先生の役に立ちたいんです！　それで、褒めてもらいたかったのに……！　もう、私がいる意味ないじゃないですか！」

「生徒になってくれただけで、僕は大助かりだったよ」

「ただの生徒じゃ、私が嫌なんです！」

もはやその感情から紗良は逃げなかった。真っ直ぐに想いのままを訴えかけてくる。だからこそ胸に響いた。胸を締め付けた。咲太の答えは決まっているから。

「本当のこと言うと、少しほっとしてる」

「……」

「姫路さんの思春期症候群を利用しないで済んでほっとしてる」

それは嘘偽りのない咲太の本心だ。

今日の約束をしたときからずっと引っ掛かっていた。

そのことを、たぶん紗良は知っている。

そして、恐らく、麻衣も感じていたはずだ。だから、今日、待ち合わせ場所に現れた。

「だから、治ってくれてよかった」

「どうして……」

「だから、ほんと、ありがとな」

「私が思春期症候群を使って、何をしてたのか知ってるのに！　みんなの心を覗いて、みんなの気持ちを弄んで……私がどんなつもりで咲太先生に近づいたのかも、もうわかってるくせに！　どうして、私にやさしくするんですか……？」

「僕はさ。そういう人間になりたいんだよ」

「ちゃんと怒ってください！　少しくらい困ってください！　これじゃあ、私、どうしたらいいか……わからない。咲太先生、ずるいです……こんなの」

「まあ、大人ってのはずるいもんだからな。たぶん」

「子供扱いもしないでください。三歳しか違わないじゃないですか……」

「三歳も、姫路さんよりは大人なんだろうな」

「……ほんとにずるい」

紗良は俯いたまま、涙を呑み込むように無言で鼻を鳴らす。

何度も、何度も……肩を震わせながら、同じことを繰り返した。

やがて、それも落ち着くと、

「咲太先生……」

と、紗良が鼻声で名前を呼んだ。

「なんだ？　まだ、僕に文句があるのか？」

「ありますよ、いっぱい」

ようやく紗良が顔を上げる。まだ涙に濡れた瞳で、真っ直ぐに咲太を見つめてきた。その瞳の奥は、小さな決意の光がある。

「私、もっとちゃんと先生を好きになればよかったです」

「うちの塾講師のマニュアルに、生徒とは付き合わないようにって書いてあるんだよな」

「じゃあ……」

涙の痕を紗良が指で拭う。

それから、強がっていつもの笑顔を作ると、

「私が第一志望に合格したら、改めて告白します」

と、約二年後の予約を入れてきた。

咲太が虎之介にしたアドバイスと同じだ。まさか、自分に返ってくるとは思わなかった。

「それは、名案だな……」

口は禍の元とはよく言ったものだ。

「で、いつまで抱き付いているのかしら？」

その声に振り返る。車のキーを手にした不機嫌な麻衣がいた。

「麻衣さんはなんでも持ってるんですから、少しくらい咲太先生を貸してください。年下相手に、大人げないと思います」

紗良が強気にそんなことを言う。

なんかいろいろ吹っ切れた顔をしている。

「咲太は私のだからダメよ」

きっぱりと麻衣が断る。その足は来た道を引き返していく。

でも、何歩か進んだところで、ついてこない咲太と紗良を振り返った。

「大学には行くんでしょ？　霧島透子に会いに」

「そう言えば、そうだった」

そのために、今日はこんなことになっているのだった。

もう透子の心のうちを知る術はない。けれど、咲太には確かめておきたいことがあった。

5

紗良が借りた着物を店に返却し、預けていたモンブランを回収してから、咲太たちは鎌倉を出発した。

走り出してすでに十五分は経過している。

時刻はまもなく午後の四時。

だが、大学はまだ見えてこない。

「四時にはもう間に合いそうにないわね」

「ごめんなさい。私が……」

後部座席で紗良が小さくなっている。

「姫路さん、スマホで霧島透子のこと調べてくれない？」

気にするなと言っても、気にするに決まっているので、咲太は紗良に頼みごとをした。何かをしている方が気は紛れる。

「わかりました」

元気に返事をした紗良がスマホを操作する。

そして、すぐに、

「あ……」

と、確信めいた吐息のような声をもらした。

「どうかした？」

「もうはじまってます」

言葉の途中で、紗良が手にしたスマホから歌が流れてくる。

鈴の音色が心地いいクリスマスらしい曲。

前に座る咲太にも見えるように、紗良はスマホを持った手を伸ばしてくる。

映っていたのは、庭園にあるような池。その池にかかる小さな橋。それと、橋の上に立つミニスカサンタの遠い背中だ。殆ど、シルエットしか見えていない。

「これ、本校舎の中庭だな」

見覚えがあるのは、咲太と麻衣が通う大学の敷地の中だから。カタカナの『ロ』の字型をした校舎の真ん中。教室から見えていた風景が、スマホの画面の中にある。

車のナビによると、大学まではあと二キロメートル。所要時間は五分以下と出ている。

だが、スマホから流れてくるクリスマスソングが、到着するまで続いているかはわからない。

だいたい、一曲は四、五分程度。三分台も珍しくはない。

フロントガラスの向こうに、京急線の線路が見えた。金沢八景駅も視界に捉えた。

見慣れた大学近くの風景。街並み。

カーナビが「目的地まで残りわずかです」と教えてくれる。

わざわざ言われるまでもなく、大学の正門はもう見えていた。

その真ん前に麻衣が車を一旦止める。

「先に行きます」

「あ、私も行きます」

咲太に続いて、紗良も車を降りてくる。

正門を通り抜けて、大学の中に入った。

そのときには紗良のスマホからクリスマスソングは聞こえなくなっていた。

それでも、本校舎の中庭を目指して、咲太は急いだ。持っているモンブランが、ぐちゃぐちゃにならないよう気をつけながら……。

後ろから紗良もついてくる。

「咲太先生、生配信、終わっちゃいました」

「なら、遠慮なく会いに行けるな」

うっかり画面に映って、全世界に配信されずに済む。

一度、本校舎の中に入ってから、廊下を通り抜けて中庭に出る。

咲太の視線は、すぐにその中心の池に向かった。小さな橋の上。ミニスカサンタが、咲太の方に向かって歩いてくる。

やがて、透子は咲太に気づいた。

「遅いから、終わったよ」

「少しくらい待ってほしかったんですけど。せっかく、差し入れを持ってきたのに」

モンブランの箱を透子に渡す。

「……」

「毒なんて入ってませんよ？　賞味期限はそろそろ切れると思いますけど」

「じゃあ、すぐに食べないとね」

箱を開けた透子は、カップに入ったアイスみたいな形のモンブランにぱくりとかぶりついた。

「美味しい。素敵なクリスマスプレゼントをありがと」

そう言って、透子は咲太の横を通り過ぎていく。

「岩見沢寧々さん、ですよね？」

振り返って、サンタの背中に投げかける。これが確認しておきたかったことのひとつ。

「……」

返事はない。だけど、反応はあった。透子はすぐに立ち止まったから。

「国際教養学部の三年。去年のミスコングランプリ。北海道出身。誕生日は三月三十日。身長は161センチ」

咲太が言葉を続けても、透子は振り向かない。背中を向けたままだ。

「わたしは、霧島透子よ」

それは、とても静かな声だった。

だけど、強い意思を感じる声。

これまでに透子が発した言葉の中で、最も感情的な一言だった。

刺すような緊張感があった。

何がそうさせるのかはわからない。

けれど、何かがそうさせているのは間違いない。

そこに、こだわる何かがあるのは確かだった。

「あの、咲太先生……？」

困惑した様子で、透子の向こうにいる紗良が口を挟んでくる。

「どうした？」

「さっきから誰と話してるんですか……？」

怯えたような顔で紗良が聞いてくる。

その紗良の真横を透子が通り過ぎた。当然、紗良の視界には入っているはず。でも、紗良は何の反応もしない。口を真横に結んだ顔を咲太に向けているだけだ。

つまり、紗良には見えていない。透子が見えていない。

そのまま、透子は本校舎の中に消えていった。

「……今、いるんですか？」

きょろきょろと紗良が左右を確認する。

「いや、もういない」

「さっきまでいたんですか？」

「ああ」

「でも、私には誰も見えませんでした。咲太先生の心を覗いたときには見えたのに……」

「だから、見えたのかもしれないな」

「え……？」

「たぶん、僕が見たものを、姫路さんは見ていたから見えたんだよ」

咲太自身も千里眼を経験したからわかる。あれは紗良の視覚を共有していたのだと思う。聴覚を共有していたのだと思う。感覚を共有していたのだ。

紗良の見たものが見えて、紗良の聞いたものが聞こえ、紗良の感じたものを感じた。だから、咲太の見た透子も、紗良には見えた。でも、自分の目では見えなかった。

「じゃあ、私……どっちにしろ、役に立てなかったんですね……」

すぐに理解した紗良が、しゅんとして俯く。

「なんか、ほんとバカみたい」

寂しそうに薄く笑っていた。

「やる気満々でやってきて、がっかりするよりよかったろ？」

何気ない咲太の言葉に、紗良が唇を尖らせる。でも、すぐに諦めたような顔をして、

「それも、そうですね」

と、仕方なさそうに頷いた。

「あーあ、全然いいことない」

思わず、本音を漏らしている。

「今日、イブなのに……なんかいいことないかな」

「帰りに、ケーキくらいは買ってやるぞ」

「本当ですか！　やった！」

手を叩いて紗良が大げさに喜んでみせる。咲太を喜ばせようとしている。こういうところは簡単には変わりそうにない。だが、これでこそ紗良という気もした。

終章　聖なる夜に

テラスを遮る目隠しと雨よけの屋根に縁取られた天然の風景画の中に、咲太は半分の月を見つけた。

真っ暗な空にぽつんと独りぼっちで浮かんでいる。

その月と同じように、咲太も露天風呂にひとりだった。

人が立てる物音が一切しない。

気配もない。

聞こえるのは、静かな風の音。

わずかに木々を揺らす音。

すぐ側で鳴るちょろちょろと流れ出る温泉の音だけ。

耳からも全身が癒されていくのを感じる。

「最高だな……」

だから、その声はあまりにも自然にもれた。

テラスからのわびさびを感じられる景色も、部屋にある源泉かけ流しの露天風呂も、今はすべて咲太だけのものになっている。

これが、最高でないはずがない。

紗良を藤沢駅まで送ったあと、事前に到着が遅れることを旅館に伝えていた咲太と麻衣は、そのまま車を走らせて箱根にやってきたのだ。

到着したのは八時近かったが、旅館のスタッフはとても丁寧に出迎えてくれた。早々に、咲太と麻衣は用意してもらった豪華で上品な食事をいただき、少し休憩を挟んでから温泉を堪能させてもらっていた。

「部屋に露天風呂って、ほんと最高だな……」

到着してすぐ……旅館の外観を見た瞬間から、咲太がひとりで泊まれるような宿ではないと思った。敷地に足を踏み入れても、広い庭を目の当たりにしても、部屋に案内されても、その気持ちはただ増していくばかりだった。

部屋に専用の露天風呂があることも驚きではあったが、最も咲太を困惑させたのは、宿泊する部屋に二階が存在していることだった。一階がいわゆるリビングルームで、二階がベッドルームと別のフロアになっているのだ。ひとつひとつの部屋が一軒家のようになっている。

それとなく麻衣に宿泊料金を尋ねると、「誕生日プレゼントのお礼としては、それなりに釣り合ってると思うわよ」と、笑顔で言われた。

あえて具体的な金額は追及しないでおいた。世の中、知らないままにしておいた方がいいこともある。せっかくの機会なので、素直に楽しんだ方がいい。遠慮などしている場合ではない。元を取るつもりで堪能した方がいい。

そんなことを考えている咲太の背後で、カラカラと音がした。

テラスの入口になっているガラス窓が開いたのだ。

「どう？　温泉、気持ちいい？」

そう声をかけてきたのは、旅館の浴衣に羽織を重ねた麻衣だ。湯上がりの頭は、ゆるいお団子にまとめている。

「最高です」

「そ。よかった」

「大浴場はどうでした？」

「誰もいなくて、ゆっくりできたわよ」

「じゃあ、あとで泳ぎに行こうかな」

さすがに部屋の露天風呂では泳げない。大人ふたりがゆったり入れるくらいのサイズだ。咲太ひとりなら大の字にもなれる。

「この宿、出禁になるの嫌だからやめなさい」

半分本気という顔で麻衣が叱ってくる。

今の咲太ならやりかねないと思われているようだ。確かに、止められなければ魔が差した可能性はある。それくらい、温泉の雰囲気に当てられてテンションが上がっていた。

「あとは、麻衣さんと一緒に入れたら言うことないんだけどなぁ」

咲太は恨めしそうに部屋の中に視線を向けた。丁度、麻衣のマネージャーの涼子が部屋に戻ってきたところだった。上気した湯上がりの赤い頬を、ぱたぱたと手であおいでいる。

「キャンセルしないで済んだのは、涼子さんが先にチェックインしておいてくれたおかげなんだからね」

麻衣の目が「感謝しなさい」と言っている。

「感謝はしてます」

いざ口に出すと、思っていたより不満そうな声になってしまった。

「しょうがないわね。寒いから少しだけよ？」

「え？　いいの？」

驚く咲太をよそに、足袋を脱いで裸足になった麻衣がテラスに出てくる。「つめたっ」と声に出しながら、爪先立ちで露天風呂の脇までやってきた。そのまま、乾いた湯船の縁に横を向いて腰かける。かと思うと、浴衣の裾を左右それぞれ摑んで、広げるように膝の辺りまで器用にめくり上げた。突然の大胆な行動に、思わずドキッとさせられる。

そんな咲太に構うことなく、麻衣は足湯のように膝の下だけを湯船に入れてくる。

斜めに揃えた白い脚が眩しい。

お団子頭からほつれた髪が妙に色っぽい。

湯煙の中に座る麻衣はしっとりした大人の色香を漂わせていた。

「これで、満足？」

浴衣を濡らさないよう気を付けながら聞いてくる。

「あのさ、麻衣さん」

「なによ、まだ不満なの？」

「逆です。たまんないです」

興奮のあまり両手でガッツポーズが出る。

「浴衣が濡れるから暴れるな」

麻衣が片足を軽く上げて、水面を蹴り上げる。

飛んできた水は見事咲太の顔面を捉えた。

「おっぷ」

ごしごしと顔を洗って水を払う。麻衣はおかしそうに笑っていた。

「あ、そうだ。双葉さんから、さっきメールが来てたわよ？」

思い出したように、麻衣が羽織のポケットからスマホを出す。

「なんて？」

「咲太が一緒にいるなら、一分だけ貸してほしいって。電話してあげたら？」

麻衣がスマホを差し出してくる。

「双葉の用って、たぶんあれだよな」

ひとつだけ心当たりがある。だから、あまり電話をかけたくない。だけど、麻衣から受け取ったスマホは、すでに理央の番号に発信していた。

耳に当てると呼び出し音が聞こえる。

すぐに繋がった。

「はい、双葉です」

丁寧な口調で理央が出る。麻衣の番号からなので、相手は麻衣かもしれないからだ。

「あ、僕だけど」

咲太が答えると、電話の向こうで大きな吐息がもれた。安堵や落胆ではない。これから、文句を言うぞ、という合図に聞こえる。

「梓川、やっぱり加西君に余計なこと言ったでしょ？」

「何かあったのか？」

虎之介が見た夢の通りになっているなら、今日、理央は告白の返事をしているはず。

「『生徒とは付き合えない』って返事をしたら、『だったら、第一志望に合格したら、もう一度考えてください』って言われた」

「へえ、意外とやるな、加西君」

「梓川が言いそうなことだから、梓川の入れ知恵でしょ？」

「僕だったら、『もう一度考えてください』じゃなくて、『付き合ってください』って言うけどな」

実際、咲太が虎之介にしたアドバイスは「付き合ってください」だった。奥ゆかしい虎之介なりに、言葉を選んだのだろう。ただ単純に、付き合ってくださいと言えなかっただけかもしれないが……。

「梓川が責任取ってね」

「責任って？」

「そんなこと言われたまま、私が加西君の担当を続けられると思う？」

「確かに、どっちも気まずいな」

第一志望に受かったら、もう一度告白をやり直すようなもの。そのために、理央は勉強を教えて、虎之介は教えてもらうというおかしな関係になってしまった。

「だから、梓川が責任を取って、第一志望に合格させてあげて」

嫌な予感がする。

「なあ、加西君の第一志望って確か……？」

「私が通っている大学」

非常に偏差値の高い理系の国立大学だ。咲太の学力ではちょっと手が届かない。

「話はそれだけだから。桜島先輩に邪魔してすみませんって言っておいて。じゃあね」

「ちょっと待った。双葉……」

電話はもう切れていた。切られていた。しかも、通話時間は丁度一分と出ている。

無言のスマホを麻衣に返す。

「双葉さんはなんて？」

「麻衣さんに邪魔してすみませんって」

「そう」

もちろん、それだけじゃない。やり取りから麻衣もわかっている。だが、あえて麻衣はそれ以上聞いてこなかった。

今話す必要はないと思ったのだろう。

ここは箱根の温泉旅館。

咲太がいて、麻衣がいる。

ふたりだけ……ではないが、穏やかな時間が流れている。

だから、この瞬間を大切にしたい。

咲太も同じ気持ちだった。

だが、どんな時間にも、いつかは終わりが訪れる。

「おふたりとも、風邪を引く前に上がってくださいね」

咲太と麻衣に冷静な意見をくれたのは涼子だ。テラスの入口に立って、部屋の中からなんとも言えない顔でふたりを見ている。完全に、浮かれたカップルを見守る生温かい大人の目をしていた。

それは、紛れもなく満たされた時間の証でもあった。

「麻衣さん、今日はありがとう」

一瞬、麻衣の瞳に疑問が宿る。だけど、「何が？」とは聞いてこない。その代わりに、

「どういたしまして」

と、麻衣は微笑んだ。

そこには、幸せがあった。

ここには、幸せがある。

この日、一階のリビングルームでひとり寂しく寝ることになった咲太は夢を見た。現実としか思えない不可思議な夢を……。

数多くの若者が似たような夢を見た。

咲太と同じ大学に通う学生も夢を見た。

峰ヶ原高校の生徒も夢を見た。

朋絵も。

理央も。

のどかも。

花楓も……夢を見た。

卯月も。

郁実（いくみ）も。

そして、紗良（さら）も夢を見ていた。

健人（けんと）も、樹里（じゅり）も、虎之介（とらのすけ）も夢を見ていた。

朝、目が覚めるまで、麻衣（まい）だけが夢を見なかった。

あとがき

次巻『青春ブタ野郎はサンタクロースの夢を見ない（仮）』でまたお会いしましょう。

鴨志田一（かもしだはじめ）

◉鴨志田　一　著作リスト

「神無き世界の英雄伝①〜③」（電撃文庫）
「Kaguya　〜月のウサギの銀の箱舟〜　1〜5」（同）
「さくら荘のペットな彼女　1〜10.5」（同）
（5.5巻、7.5巻、10.5巻を含む13冊）
「『青春ブタ野郎』シリーズ第1弾〜第12弾」（同）
（第10弾のみ通常版／特装版あり）

本書に対するご意見、ご感想をお寄せください。

ファンレターあて先
〒102-8177　東京都千代田区富士見2-13-3
電撃文庫編集部
「鴨志田 一先生」係
「溝口ケージ先生」係

本書は書き下ろしです。

電撃文庫

青春ブタ野郎はマイスチューデントの夢を見ない

鴨志田 一

2022年12月10日　初版発行
2024年８月５日　３版発行

発行者　山下直久
発行　株式会社KADOKAWA
〒102-8177　東京都千代田区富士見2-13-3
0570-002-301（ナビダイヤル）
装丁者　荻窪裕司（META＋MANIERA）
印刷　株式会社暁印刷
製本　株式会社暁印刷

ISBN978-4-04-913936-5　C0193　Printed in Japan

電撃文庫　https://dengekibunko.jp/

電撃文庫創刊に際して

文庫は、我が国にとどまらず、世界の書籍の流れのなかで〝小さな巨人〟としての地位を築いてきた。古今東西の名著を、廉価で手に入りやすい形で提供してきたからこそ、人は文庫を自分の師として、また青春の想い出として、語りついできたのである。

その源を、文化的にはドイツのレクラム文庫に求めるにせよ、規模の上でイギリスのペンギンブックスに求めるにせよ、いま文庫は知識人の層の多様化に従って、ますますその意義を大きくしていると言ってよい。

文庫出版の意味するものは、激動の現代のみならず将来にわたって、大きくなることはあっても、小さくなることはないだろう。

「電撃文庫」は、そのように多様化した対象に応え、歴史に耐えうる作品を収録するのはもちろん、新しい世紀を迎えるにあたって、既成の枠をこえる新鮮で強烈なアイ・オープナーたりたい。

その特異さ故に、この存在は、かつて文庫がはじめて出版世界に登場したときと、同じ戸惑いを読書人に与えるかもしれない。

しかし、〈Changing Times,Changing Publishing〉時代は変わって、出版も変わる。時を重ねるなかで、精神の糧として、心の一隅を占めるものとして、次なる文化の担い手の若者たちに確かな評価を得られると信じて、ここに「電撃文庫」を出版する。

1993年6月10日
角川歴彦

電撃文庫DIGEST　12月の新刊

発売日2022年12月9日

青春ブタ野郎はマイスチューデントの夢を見ない 著／鴨志田 一　イラスト／溝口ケージ	12月1日、咲太はアルバイト先の塾で担当する生徒がひとり増えた。新たな教え子は峰ヶ原高校の一年生で、成績優秀な優等生・姫路紗良。三日前に見た夢が『#夢見る』の予知夢だったことに驚く咲太だが――。
豚のレバーは加熱しろ（7回目） 著／逆井卓馬　イラスト／遠坂あさぎ	超越臨界を解除するにはセレスが死ぬ必要があるという。彼女が死なずに済む方法を探すために豚とジェスが一肌脱ぐことに！　王朝軍に追われながら、一行は「西の荒野」を目指す。その先で現れた意外な人物とは……？
安達としまむら11 著／入間人間　キャラクターデザイン／のん イラスト／raemz	小学生、中学生、高校生、大学生。夏は毎年違う顔を見せる。……なーんてセンチメンタルなことをセンシティブ（？）な状況で考えるしまむら。そんな、夏を巡る二人のお話。
あした、裸足でこい。2 著／岬 鷺宮　イラスト／Hiten	ギャル系女子・萌寧は、親友への依存をやめる『二斗離れ』を宣言！　一方、二斗は順調にアーティストとして有名になっていく。それは同時に、一周目に起きた大事件が近いということで……。
ユア・フォルマV **電索官エチカと閉ざされた研究都市** 著／菊石まれほ　イラスト／野崎つばた	敬愛規律の「秘密」を頑なに守るエチカと、彼女を共犯にしたくないハロルド、二人の溝は深まるばかり。そんな中、ある研究都市で催される「前蛹祝い」と呼ばれる儀式への潜入捜査で、同僚ビガの身に異変が起こる。
虚ろなるレガリア4 **Where Angels Fear To Tread** 著／三雲岳斗　イラスト／深遊	絶え間なく魍獣の襲撃を受ける名古屋地区を通過するため、魍獣群棲地の調査に向かったヤヒロと彩葉は、封印された冥界門の底へと迷いこむ。そこで二人が目にしたのは、令和と呼ばれる時代の見知らぬ日本の姿だった！
この△（さんかく）ラブコメは幸せになる義務がある。3 著／榛名千紘　イラスト／てつぶた	麗良の突然のキスをきっかけに、ぎこちない空気が三人の間に流れたまま一学期が終わろうとしていた。そんな時、突然麗良が二人を呼び出して――「合宿、しましょう！」　夏の海で、三人の恋と青春が一気に加速する！
私の初恋相手がキスしてた3 著／入間人間　イラスト／フライ	「というわけで、海の腹違いの姉でーす」　女子高生をたぶらかす魔性の和服女、陸中チキはそう言ってのけた。これは、手遅れの初恋の物語だ。私と水池海。この不確かな繋がりの中で、私にできることは……。
新作 **君はこの「悪【ボク】」をどう裁くのだろうか？** 著／二丸修一　イラスト／champi	親友の高城誠司に妹を殺された菅沼拓真。拓真がそのことを問い詰めた時、二人は異世界へと転生してしまう。殺人が許される世界で誠司は宰相の右腕として成り上がり、一方拓真も軍人として出世し、再会を果たすが――。
新作 **天使な幼なじみたちと過ごす10000日の花嫁デイズ** 著／五十嵐雄策　イラスト／たん旦	僕には幼なじみが三人いる。八歳年下の天使、隣の家の花織ちゃん。コミュ力お化けの同級生、舞花。ポンコツ美人お姉さんの和花菜さん。三人と出会ってから10000日。僕は今、幼なじみの彼女と結婚する。
新作 **優しい嘘と、かりそめの君** 著／浅白深也　イラスト／あろあ	高校１年の藤城遠也は入学直後に停学処分を受け、先輩の夕凪茜だけが話をしてくれる関係に。しかし、茜の存在は彼女の「虚像」に乗っ取られており、本当の茜を誰も見ていない。遠也の真の茜を取り戻す戦いが始まる。
新作 **パーフェクト・スパイ** 著／芦屋六月　イラスト／タジマ粒子	世界最強のスパイ、風魔虎太郎。彼の部下となった特殊能力もちの少女４人の中に、敵が潜んでいる……？　彼を仕留めるのは、どの少女なのか？　危険なヒロインたちに翻弄されるスパイ・サスペンス！